JN319535

南シナ海海戦

UNICOON

大石英司

Ohishi Eiji

文芸社文庫

目次

プロローグ

呉克泰《ウークータイ》中将は、チーフ・パーサーに促《うなが》され、最前席のゆったりとしたシートから、難儀そうに上体を起こすと、まずロレックスの腕時計を見――それはイギリスの兵器メーカーから寄贈されたものだった――それから窓のシャッターを上げようと上半身を起こした。

イギリス製のロールスロイス・エンジンが創《つく》りだすリズミカルで力強い響きがシートから伝わってくる。シャッターを開けると、東の空に明かりは無く、まるで洞穴にでも迷いこんだような漆黒の闇《やみ》が広がっていた。

だが完全な闇ではなかった。翼端灯が、機体を包む雲に時折ぼんやりと反射していた。

将軍は、満足して上体をシートに戻すと、ひとりごちて呟《つぶや》いた。

我が国の未来は、しかしこの夜の闇ほど絶望的ではない……。

呉将軍には、すでに夜明けの在処《ありか》が解っていたし、それは物理学の法則のようにまごうかたなく全中国を覆《おお》うのだ。中国の故事には、月の動きを止め、太陽を覆い隠した連中がいないでもなかったが、少なくとも、あの時代錯誤なコミュニストと称する輩どもには、その流れを止めることなど不可能なことだった。

改革派と保守派は一進一退の攻防を繰り広げていた。人民日報に、改革派の降格人事が発表された翌日には、香港《ホンコン》の北京《ペキン》系夕刊紙に、保守派の追放人事が載る有り様だった。

対米関係は、中国の人権抑圧を非難する民主党大統領の誕生によってぎくしゃくしていたが、それとて決定的な断絶に至るようなものではなかった。将軍がみるところ、アメリカの老獪《ろうかい》な外交筋のほとんどが、中国との関係を冷却させることが、ひいては更なる人権政策の後退を招くであろうことを熟知しており、若手からなるホワイトハウスの新スタッフたちも、彼ら先達の助言を無視するわけにはいかないはずだった。

「同志将軍。間もなく夜明けを迎えます。三〇分で、重慶砦上空に到着する予定であります」

空軍の少佐が、耳元で恭《うやうや》しく進言した。

「目覚めにお茶などお持ちしますが……」

「うん。温《ぬる》い奴をな。私は熱いのは駄目なんだ」

「存じております」

「雲が出ているようだが、問題はないかね？　私はきちんと重慶砦を観察できるのか？」

「はい。海南島への定時連絡が一時間前行われ、傍受したところでは、雲底は二〇〇〇メートルほどで、降下すれば肉眼でご覧頂けるものと存じます」

「こんな大型機に低空飛行させて大丈夫かね？」

「パイロットはベテランでありますし、機体は新鋭機です」

将軍は飛行機に詳しくなかったが、翼端にウイングレットと呼ばれる反り返った羽を持った飛行機は、確かに新しそうだった。機体はソヴィエト製で、エンジンは西側の、旅客機のエンジンでは定評のあるイギリス製だった。イギリス人というのは、何かにつけて中国人をひどい目に遭わせて来たが、こればかりは将軍もロシア製よりはましであることを知っていた。

「時間はどうかね？　だらだらと留まって周辺諸国を警戒させたくはない」

「遅れはフライト・プランよりほんの五分少々と聞いております。当機が何処《どこ》かの国のレーダーに捕捉されましても、恐らくは単なる哨戒機《しょうかいき》として処理されるはずです。それに、この雲は帰りの道中、我々の機体を隠してもくれます」

「そう願いたいな」

だが、コクピットで西側並みといかないまでも、グラス・コクピットの初歩と評価してよいパネルと向き合っていた二人の操縦士は、雲中に突入して以来、奇妙な現象に直面していた。

「右の方……。だいぶ近いですね」

「見えた。結構長い時間輝いている」

「雷ですか……。それにしては、ちょっと変わったような」

「君は雷雲の中を飛んだことがあるかね？」

「いえ」

「私はある。こんなもんじゃないよ。これは雷とは違った、別の何かだ」

「高度を上げますか？」

「いや、そんな余裕はなさそうだ」

ポーンという、まるでチャイムのような警報と共に、パネルにエンジンの異常を示す表値が表れた。左翼エンジンの燃焼室内温度がジリジリと上がり始めていた。

「一番、閉鎖」

「一番エンジン、閉鎖します」

幸い火災警報は点《つ》いてなかった。

「二番上げますか？」

「その余裕もなさそうだ……」

機長は、かれこれ十年前、砂漠地帯の上空でソヴィエトのターボ・プロップ機を操縦中に砂嵐に突っ込んで以来のピンチに陥ったことを悟った。

右翼エンジンも、左翼側と同様に燃焼室内の温度が上がり始めたのだ。

　副操縦士は血の気の失せた顔で前方を呆然《ぼうぜん》と凝視していた。雷のような、明るく目映《まばゆ》い煌《きら》めきは、今ではコクピットの風防ガラス全面を覆っていた。雷のようにまとわり付くような、あるいはじゃれ付くような不思議な煌めきだった。ガラスの縁でパチパチと跳ねているようでもあった。だが雷のように、雲を焦がすような感じもない。弱々しくも怪しげな光に機体は包まれていた。

「二番を絞れるだけ絞って、一番を再点火しよう」

　だが、頼みの二番エンジンは、副操縦士がパワーレバーを絞っている最中に、小さなバック・ファイアを二度起こし、それっきり停止してしまった。

　両エンジンが停止したせいで、電子化されたコクピット・パネルは一瞬真っ黒になった。やがてＡＰＵ補助動力装置が作動し始め、機長側のパネルだけが蘇《よみがえ》った。

　機長は、降下する機体に注意を払いつつ三度一番エンジンの点火を試みた。いずれも無駄だった。高度はぐんぐん下がり始め、時折失速警報と共に操舵輪《そうだりん》が、失速注意を喚起するためにガタガタと震え始めた。スティック・シェーカーと呼ばれるその現象は、通常、訓練でしかお目に掛かることはない。

　ソヴィエト版ボーイング７５７と呼ばれるツポレフ―２０４は、通常北京―上海間の旅客輸送に使われている。脱出しようにも、パラシュートなど積んでいない。救助を求めようにも、特殊な周波数を用いる軍用無線機を搭載しているわけではなかった。

砂漠なら、不時着できる見込みもあった。その後助かるかどうかは別だが――。

機長は、ここはどこだろうか？　と思った。随所に珊瑚礁《さんごしょう》のリーフがあり、昼間なら、その場所に近づくことも出来る。だが、夜明けまで飛び続けるのは無理だった。せいぜいが、あとほんの数分、あるいは数十秒だ。

ドアを蹴《け》破るようにして、この愚にも付かないツアーを企画した空軍の少佐がコクピットに入ってきた。

少佐は、入って来るなり口を開こうとしたが、風防ガラスに叩《たた》き付ける怪しげな光に一瞬瞼《まぶた》を閉じ、まるで信じられないかのような表情で、「いったい、何が⁉……」と呻《うめ》いた。

「少佐。将軍に、メーデーを発信する許可を求めてくれ。我々は未知の現象により、両エンジンを失った。もはや暗闇での不時着を敢行《かんこう》する以外に助かるべき道はない。せめて位置だけでも伝えておけば、それだけ我々が助かるチャンスが大きくなる」

少佐は、飛び出しそうになった次の言葉を呑み込み、通路を取って返した。

呉将軍は、シートから身を乗り出し、窓の外を子細に観察していた。まるで、機体が後光にでも包まれたかのようだった。翼の縁という縁、エンジンのカウリング、窓枠までもが明るく輝いていた。蛍光色に塗られたガラスのように、いや、機体そのものがネオン管で作られているかのように怪しく輝いていた。今では、エンジン音が消えたせいで、息急《いきせ》ききってくる少佐の、慌てふためく呼吸までもが鮮明に聞き取れた。

「同志将軍……、て、敵の攻撃でありましょうか⁉」

「あちこちに共産主義の敵をでっち上げることにはうんざりしている……」

　呉将軍は落ち着き払って答えた。

「……何か匂《にお》わないかね？」

　ものが焦げるような異臭がキャビンに立ちこめていた。と、次の瞬間、頭上から酸素マスクが落ちてきた。

「メーデーの発信を許可して下さい」

「いや、それはならん。これは極秘の飛行任務だ。万人が聞きつけるような遭難信号は許可できん。助けを求めたからといって間に合うわけでもなかろう。我々が海面に無事に着水できたなら、自力で助かる術《すべ》もある。私はその方に賭《か》けたいね」

　少佐は、マスクから吹き出す新鮮な空気を二回深々と吸い込むと、再びコクピットに取って返した。副操縦士はマスクを被《かぶ》っていたが、機長は計器盤の弱々しいメーター類を見つめながら必死に操舵輪を操っていた。

「油圧が無いんでホイールが重い……」

「どうするんだ⁉」

「取りあえず東へ向けてグライダーの要領で飛ぶ」

「助けを呼ぶ。将軍になぞ構っちゃおれん」

「我々が無事に降りんことには、それも無駄だが」

少佐は、床に落ちた副操縦士のヘッドセットを拾うと、不慣れな手付きで無線機の周波数ダイヤルをいじった。

だが、機体が急激にバランスを崩したおかげで、ヘッドセットを摑《つか》んだまま床にころげ倒れた。埃《ほこり》が舞った。ひどい埃が目に入り、涙がこぼれ落ちた。少なくとも、最後の瞬間が訪れるまで、涙がこぼれ落ちるだけの時間的余裕はあった。

七色の虹《にじ》が光り輝くコクピットで、失速警報が鳴り響く中、少佐は咳《せ》き込みながらヘッドセットを握り締めて喚《わめ》き続けた。

機体は、海面まで無事に降下することは出来なかった。大型機のソアリングには高度な技術を要するが、あいにく機長はそんな技術を持ち合わせなかった。ソヴィエトがCISに様変わりした直後、ツポレフ工場をロールアウトした新型機は、一瞬鼻面を持ち上げた後、まるで疲れはてた龍が死に場所を探し当てて眠りにつくかのように、光に包まれたままゆっくりと機首を海面に向けながら、左翼へロールを打ち始めた。三〇〇〇メートルほど降下したところで、横への捻《ひね》りが、まず機体の設計基準を超え、左翼を主桁《しゅげた》からもぎ取った。胴体は捩《ねじ》れ、窓が割れ飛び、尾翼がちぎれ、最後は、いたずらな少年に弄《もてあそ》ばれるトンボさながらに、一枚、また一枚と羽をもぎ取られながら分解していった。

呉将軍の意識は、胴体が、まるで風船が破裂するかのように完全に分解した瞬間で停止された。

何もかもが、これからだった。中国は長い停滞から抜け出て、先進国の仲間入りを果たす寸前までようやくたどり着いたのだ。

将軍の人生とて似たようなものだった。朝から晩まで共産主義の教条を唱えねばならない不幸な時代は終わった。国家と人民は、彼のような新たな官僚テクノクラートを必要とし、また彼らに活躍の場を与えようとしていた。

彼らが必要とするのは、毛語録ではなく、スケジュールを管理するための電子手帳であり、ニューヨークや東京のマーケットを観察するためのパソコンと、その通信網だった。

だが、椅子に縛り付けられたまま落下してゆく将軍には、そのいずれも役には立たなかった。しかし、同時に、両エンジンが停止した時、将軍は別に恐れたり悲観したりはしなかった。南沙諸島の開発プロジェクトは、明日には誰かが引き継いでくれる。我が中国で、唯一誇《ほこ》れるものがあるとしたら、それは無尽蔵の人材だった。己一人の命など、取るに足らない問題だ。

旅客機は完全に空中分解した。中国軍の次代を担うであったろう一人の将軍の夢は、世界で最も複雑な利権と国益が渦巻く海へと消えた。呉将軍にとっては、全ては終わった。

だが、全ては、将軍の謎《なぞ》に満ちた死を契機に始まったのである。利権と謀略――。今まさに勃興《ぼっこう》するアジア諸国に課せられていた重い安全弁が、吹き飛ばされようとしていた。

エーゲ海

ポロス島。

ギリシャのアテネを発つエーゲ海クルーズのワン・デー・コースに入ると、ポロス島は二番目に立ち寄る島になる。取り立てて遺跡はない。島は内海が深く、ヨットの類が停泊するには絶好の港となるため、シーズン中は、さながらヨットやクルーザーの見本市会場並みの混雑となる。

港から、丘を登って五分の頂《いただき》に古風な教会があり、ギリシャ国旗がたなびく頂から、その波光煌《きら》めく湾を見おろすことが出来る。ほんの一時間の観光フェリーの停泊中、観光客たちは、その頂に登り、恐らくは自分には一生無縁な豪華クルーザーの群に、感嘆と羨望《せんぼう》のため息を漏らしながら、忙しげに次の島へと向かうのである。

『シーフェニックス』と名付けられたクルーザーは、その中でも一際豪華で目立った。大きさだけなら、『シーフェニックス』より大きな外洋型クルーザーが他に三隻停泊していたが、全体に曲線を多用した優美なフォルムといい、真横に入ったペルシャン・ブルーのライン、ビーナスをかたどった船首楼といい、これこそエーゲ海の女王という出《い》で立ちだった。もっとも、この季節いつもエーゲ海を巡るそのフネの持ち主を知っている島の実力者たちは、そのフネの話題に眉をひそめこそすれ、歓迎するそぶりはまったく見せなかったが。

ポロシャツ姿のランディ・マクニールⅡ世は、その『シーフェニックス』のブリッジでバドワイザーの缶ビールをウェイターから受け取ると、気象レーダーを一瞥《いちべつ》し、後部デッキに向かって軽やかに歩いた。ポロシャツにレーバンのオーダーメイド・サングラス、ゴルフ用スラックスに、リーボックのテニス・シューズというちぐはぐなスタイルが、彼の船上での制服だった。

デッキチェアでくつろぐ客人たちは、マクニールが現れると、無駄話を止め、タバコの火をもみ消した。

「私はあと何年ぐらい働けば、こんなクルーザーを買えるんだろうね……」

頭の禿《は》げ上がった太りぎみの男が、首筋に浮かんだ汗を拭《ぬぐ》いながら呟《つぶや》いた。彼はロシア人だった。

「簡単ですよ。買うだけならね。しかし維持するとなると、まあ一〇〇万ドル単位の出費を覚悟しておいた方がいい。しかしこれもビジネスの一環と思えば安い出費ですよ。それに、人はパンのみに生きるにあらずですからね」

「我々は君みたいに、銀のスプーンをくわえて生まれて来たわけじゃない。ま、瓶詰《びんづ》めのヨットで我慢するさ」

「銀のスプーンを金に換えるのはなかなかたいへんなんですよ」

マクニールは、船尾の舷縁《げんえん》に寄り掛かり、風に吹かれながらバドワイザーを一口唇の奥に含んだ。

さほど平坦《へいたん》な人生ではなかった。世界最大の兵器ブローカーであるマクニール・グループの跡取り息子としての立場が、自分の人生で障害となったことはない。それは事実だった。しかし、生まれた瞬間、すでに人生の成功者たることを運命づけられていた彼にとって、人生は成功するためにあるのではなく、エンジョイするためにこそ存在した。

マクニールは、その通りの人生を送っていた。彼は、危険で愚にも付かないビジネスにお熱をあげた。エチオピアやソマリアの部族にサブ・マシンガンを売り、東欧に暴徒鎮圧用ガス弾を売り、イラクにいかがわしい電気スイッチを売りさばいた。親父は、「バカなことを……」と一笑に付したが、背中に武装ゲリラの猟銃を突きつけられてのソマリアでのビジネスは、未だに酒宴での自慢話のひとつだった。

西側の政府相手のビジネスでマクニールが得るものは、兵器ディーラーとしての信頼と、単なる報酬でしかない。一機数億ドルの戦闘機のビジネスは部下に任せ、どこぞの反政府勢力の僅《わず》か数十丁の突撃銃の依頼には、自ら出向いた。マクニールは、そういう男だった。

「我々は、人類の歴史が始まって以来の危機に直面している」

「驚いたね。君がそんな時事問題に興味を抱くなんて……」

アラブ人のビジネスマンが茶化した。

「理由は単純明快です。冷戦構造崩壊のおかげで、本業が傾き掛けている。本業が堅調なうちは、私の冒険も、大目に見て貰《もら》えましたがね、この頃引退したはずの親父が、また会社に顔を出すようになって言うんですよ。お前を遊ばせておいたのは、こういう時代にこそ奇抜なアイディアをもって商売を繁盛させるためだと――」

「少なくとも我々にはないね。ロシアが崩壊し、我慢しきれなくなった民衆が蜂起《ほうき》してソヴィエトの復活を待つには、少なくともまだ十年は待つ必要がある。我々が乗れるアイディアであることを祈りたいね」

「そうです。みんなが乗れるアイディアであり、誰も異存を挟《はさ》むこともないアイディアです」

マクニールが「地図を出せ」と命じると、クルーが丸めた地図を油絵用のイーゼルに掛けた。

海が大部分を占める海図だった。そんなに深くはない、真ん中のほとんどが岩礁地帯だった。縦横一・五メートルほどの地図の岩礁地帯には、それぞれ色分けされたラインが複雑に走っていた。

「南沙諸島。我々はスプラトリー諸島と呼ぶ。現在、最も有望なホット・スポットだ。中東市場が、先進国の上っ面だけの抑止政策から、武器市場としての魅力を失った今、ここが我々に残された唯一の希望の地となりつつある。ここを取り巻く国々はマレーシア、フィリピン、シンガポール、ブルネイ、ベトナム、台湾、そして中国だ。ブルネイは、世界一の金持ち。台湾は、世界一の外貨準備高を誇る。今では日本より物価が高い。シンガポールは、マレーシアから分離した華僑《かきょう》の国で、金儲《もう》けには誰より敏感だ。そして、中国。中国の経済成長率は、今や一〇パーセント台。赤い国における世界で初めての資本主義化をやり遂げようとしている。フィリピンとベトナムは論外として、中国はここスプラトリー諸島の覇権を確立するために躍起になっている。現在、武器取引額は世界中で三八〇〇億ドルしかない。すなわち日本の国家予算に匹敵するだけの額が、我々のパイだ。そして北東アジアの武器取引額は、すでに中東を抜いてその四〇パーセントに迫りつつある。我々にとって歓迎すべきは、中東と比べてこの地域の政治体制が極めて安定していることにある。しかもその経済成長率たるや、ヨーロッパはもとより、日本より抜きんでている。この地方のパイは、中東と違って大きくなることはあっても、小さくなる心配はない。スプラトリー諸島に眠る石油は、まだ誰の支配下でもない。だから、メディアに騒がれる心配もない。しかも、ここには、ユダヤ人はいない」

「君に国際政治学の知識があるとは知らなかったな」

「国際政治学はソルボンヌで学びました。私が砂漠のゲリラやコミュニストたちから得た知識に比べれば、どうというお勉強じゃなかったですがね」

「我々はいずれも、この地域で儲けさせて貰った。これ以上に得るものがあるとは思えないがね。第一、彼らは戦車は買ってくれない。自走榴弾《りゅうだん》砲も、装甲戦闘車もね」

「その代わり、もっと高価な戦闘機や駆逐艦、潜水艦を買ってくれる。中東とは桁《けた》が違うビジネスが出来る」

「みんなが目を付け、それぞれにほどほど甘い汁を吸った。これ以上、武器を売りつけるのは無理だよ」

「これまでは、戦闘機を売っても、せいぜいが一〇機単位だった。こんなのは商売とは言えない。私は、ここでの緊張をコントロール出来ると考えている」

「アジア人はバカじゃない！」

ロンドンにオフィスを構える華僑のビジネスマンがバカバカしいとばかりに口を挟むと、マクニールは意味ありげにウインクして見せた。

「私が思い付いたわけじゃない。実は、先日、アメリカのある中堅どころの原油掘削会社が、中国政府と、原油掘削に関する新たな協定を結びました。条件は、中国政府のスプラトリー諸島における全ての権利を認めることです。場所はここ、Ｅ22。このベトナム領海であることを示す緑色のラインの内側です。ここ半年で、少なくともアメリカの五つの掘削調査会社が、中国政府と協定を結んだ。紛争地域であるにも拘《かか》わらず。で、私はいろいろ探りを入れてみたんです。このアメリカ政府の完全なバックアップの下に行われたビジネスには、いったい何の真意があるんだろうとね」

「中国は分が悪い。連中は軍事力を持ってはいるが、その実、南沙諸島の領有を主張する確たる歴史的経緯などないからね。だから必死なんだろう。アメリカの企業と組めば、少なくとも他国から掘削リグを攻撃される恐れはない」

「もし、これがホワイトハウスの決定であるならばどうです？」

「まさか。民主党は共産中国を毛嫌いしているんだぞ」

「だからこそ、表だっての支援は出来ない。実のところ、理由はそれじゃありません。アメリカのお国の台所事情が動機です。もし、スプラトリー諸島に、適度な緊張がもたらされれば、アメリカの巨大兵器企業は、中東からアジアに、マーケットをシフトできる。従業員をレイオフせずにすむ。税収を減らさずにすむ。次の選挙で負けずにすむ。現に、北京政府にぞっこんだったブッシュ政権は、台湾にF—16を売って緊張を高めたじゃないですか？　我々も、この際一口乗らせて貰って損はないでしょう？」

「我々は政治家じゃないし、軍隊の司令官じゃない」

「その通り。だが、ミスター・イシュマイルは、マレーシア政権に食い込んでいるし、ミスター・バンは、シンガポール政府とも、北京筋とも非常に親しい。先週、中国軍の要人を乗せた旅客機が、スプラトリー諸島海域で謎《なぞ》の墜落事故を遂げた。中国政府はそれを、中国の覇権へのあからさまな挑戦だと見ています」

「誰が撃墜したんだ？」

「さあ、現在あの諸島の制空権を維持しているのはフィリピン政府ですが、それはマレーシアに取って代わりつつあるし、兵力から言えば台湾の可能性も捨てきれないし、現実的な能力という意味からなら、アメリカが犯人だとするのが自然です」

「やれやれだな」

「私は、ちょっとした細工をしようとしています。皆さんは、この危機の要所要所で、各国の政府に、当事者の危機を煽《あお》るような情報を少しずつ流せばいい。危機が一定のレベルまで回復した後残るのは、もっと武器を！　という叫びと、我々への信頼です。私は、元KGBにいた、心理戦のエキスパートを雇い入れて、皆さんに流して頂く偽情報をこと細かにつくらせました。タイミングから、文面に至るまで正確なものをね」

「君やアメリカの言う適度な緊張というのは、どの程度のことを言うのかね？」

「たいしたことはありません。どの道、アメリカ軍が出てくることはないんですからね、中国を刺激し、まあ、島が二つ三つ消えてなくなるかも知れませんが、危機が戦争化しても、せいぜい海軍力による闘いです。では、肝心なことを申し上げましょう。

メモをご覧下さい。私の試算結果です」

マクニールは、びっしりと数字が書き込まれた二枚つづりのメモ用紙をテーブルの上に人数分置いた。

「この危機で新たに発生する需要は、恐らく一〇〇〇億ドル程度です。アメリカが半分を持っていくとして、ヨーロッパがその半分を頂く。一〇〇〇億ドルのうち、その一〇分の一の一〇〇億ドルの取引に我々が関与する場合、五パーセントのコンサルタント料で、五億ドルが儲けになる。これは最低ラインです。アジア諸国に増す我々の信頼度を計算に入れると、恐らく一〇億ドル程度の収入にはなる」

華僑ビジネスマンのミスター・バンはメモ用紙を見ながら素早く計算した。中国に、更に一〇〇機のスホーイ戦闘機を売れる。ひょっとしたらイギリスのヘリ空母も仲介できるかも知れない……。その仲介料だけで一億ドルにはなる。それだけあれば、アジアの一国の政府の役人、政治家を買収して、意のままのビジネスが出来るようになる。

アラブ人も計算した。某国から長距離の地対地ミサイルを仲介できる。それで得た金をアラブの豪族にバラ撒《ま》いて、もう一度中東を武器市場のトップ・マーケットに蘇《よみがえ》らせることが出来る。

ロシア人も考えた。ウラジオストックの港で錆《さび》つくままの軍艦を売り捌《さば》ける。一億ドルなんていらない。その半分もあれば十分だ。ビジネスの世界からは引退し、ヨットを買い、余った金は投資信託会社にでも預けて暖かい地方で放蕩《ほうとう》ざんまいの毎日を送ればいい。

マクニールは、もっと長期的なプランを考えていた。各国の主要軍需産業に徐々に浸透し、長期に亘《わた》って需給の源となれるよう計画を進めるつもりだった。そうすれば、またいつものような冒険に復帰できるはずだった。

ワン・デー・クルーズで最初に訪れるイジーナ島は、一面の禿山が連なる寂れた島だ。平野部はほとんどなく、オリーブと、ピスタチオナッツがポツポツと植えられている。世界有数の生産を誇るピスタチオナッツの収穫はすでに終わった。

港の反対側には、まるで蜂《はち》の巣を思わせるような密集した造りの中所得者向けのアパートメント・コテージが段々に建てられている。

山の頂には、ローマ時代の朽ちた教会や、神殿の跡が遺跡となって残されている。斗南無湊《となむみなと》は、その山の頂までヤマハのバイクを転がし、オリーブの木陰にダンボールを敷いて昼寝していた。彼にはコテージがあるわけじゃなかった。港の外れにある、みやげ物屋に夏場だけ居候《いそうろう》していた。ここ三年、彼は夏のバカンスをいつもそうして過ごしていた。ラテンのおおらかさが、彼の肌に合っていた。

気温は三〇度を超えていたが、湿度が低いせいでしのぎやすい。風は生暖かく、噴き出た汗をさらってゆく。ここには観光客の喧噪《けんそう》もなく、金持ち連中のクルーザーの姿も見えない。聴こえるのは、風が渡る音だけだ。

ニューヨークの国連本部で、ギリシャ出身のスタッフに誘われたのが初めてだった。それ以来、この国に病みつきになった。人生はなんとかなるという、日本人と正反対の人生観を持つ人々の性格も気に入っていた。

枯れ葉を踏む足音が近づき、痩《や》せた女が傍らに腰を降ろした。

一週間前、港の警察から押し付けられた自殺志願者で、ピスタチオナッツ畑に倒れているところを保護された。三日三晩空腹のまま、畑で野宿していた東京からの観光客だった。

自殺志願の理由は聞かなかった。名前も聞かなかった。マリというカタカナ名だけを知らされた。

「俺はあと一週間で、ニューヨークへ帰らなきゃならない。どうする？」

「来年の夏まで、ここで待つわ」

「よしてくれ、君は俺の恋人じゃない」

「迷惑？……」

「ああ、迷惑だ。今でも迷惑している」

「また死んじゃおうかしら……」

「遺族が訪ねて来たら、案内するぐらいのことはしてやるよ」

「ひどい人……」

ホンダのバイクのエンジン音が響いて来た。あの音だと、だいぶ飛ばしている。この前、あのバイクが走って来た時には、フェリーに乗り遅れた日本人観光客が、アテネへのフネを出せとレストランで喚《わめ》いていた時だった。

「また、あたしみたいな薄幸な人間かしら……」

「次の島まで辛抱してくれりゃあ、俺は助かるんだがね」

バイクが丘の頂で止まると、排気ガスの臭いが漂って来た。

「シニョール！　アメリカからお電話ですよ！」

みやげ物屋のアルバイトのイタリア人学生が叫んだ。この辺りのクルーズ客の半分はイタリア人で、彼らにはいい稼《かせ》ぎになった。

「掛け直すって言ってくれたか？……」

「それが、いつつながるか解らないから掛けたままにしておいてくれって。ニューヨークからです。アテネへ帰る終便まで四〇分です。向こうはそれを強調してくれって言ってました」

「どういうつもりだ……。すまないがポルティーヨ。マリを後ろに乗せてくれ。俺は先にすっ飛ばして帰る」

「おやすいごようで」

二〇分。曲がりくねった下り坂をバイクを飛ばしてみやげ物屋に帰ると、観光フェリーは大方次の島へ向かった後で、街はひっそりとしていた。

店の奥にある古びた電話を取ると、相手が出るまで五分待たされた。相手はいつものように不機嫌だった。

「……君を捕まえるのに、四時間も要した。今度日本代表に頼むつもりだ。ぜひギリシャにまともな電話交換機を援助してくれるようにね」

ギリシャの電話事情は、これでも統合ヨーロッパのメンバーかと思わせるほどひどいのだ。四時間前と言えば、ニューヨークはまだ夜明け前だ。

「私の休暇はまだ一週間残ってるんですがね」

「取り消す。国連職員法のなんとか条、なんとか項目にあったはずだ。冬休みを余計にやるよ。ボーナス付きでな」

「運良く生きて帰りゃ貰えるって奴でしょう?」

「君に危険はない」

「またそういう嘘《うそ》を……。ベイルートじゃ、危うくシリア兵に殺されかけた。クウェートの地雷原じゃ、バルマイラが四〇センチも飛び上がって、危うく全身穴だらけになるところだった。チベットじゃ、中国政府から散々暴行を受け、チリへ行かされた時は三日で帰れるはずが、ゲリラの捕虜になって二か月も原野を――」

「そういうアクシデントも、たまには起こる。ただちにアテネへ渡り、一番早い便で日本へ飛んで貰う」

「あの国に必要なのは、国連じゃなくて、革命軍か占領軍ですよ」

「昨夜から、スプラトリー諸島を巡る非公式の検討会がもたれた。中国軍がチャーター した旅客機が、謎の墜落事故を起こしたのを知っているか？」

「いいえ。幸いここではニュースを見る必要はありませんでね」

「君は本当に日本人かね。日本人ってのは、外出時にもテレビを持ち歩くと聞いていたがね」

「わたしゃ、十年以上前、日本人であることを捨てたんです。なんで日本が絡《から》んで来るんですか？」

「昨日、スプラトリー諸島に浮かぶ中国の掘削リグのひとつが攻撃を受けたらしい。少なくとも二〇名が死傷した。中国政府は、海軍力による中国主権への明白な挑戦であると訴え出ている」

「安保理で？」

「まさか……。それじゃあヤブヘビになる。アメリカの情報では、海南島の海軍が大挙出動準備を整えている。この機会に、一気にスプラトリー諸島の覇権を確立しようというのが、北京《ペキン》の目論見《もくろみ》だ。中国に、あの地域の覇権を委《ゆだ》ねるのはいかにもまずい」

「国連は厳正中立がモットーなんじゃないんですかね。いずれにせよ、アメリカが片づければすむ話じゃないですか？」

「今、北京とワシントンには険悪な空気が流れている。アメリカが出て行けば、いかにも中国と対峙《たいじ》するような印象を与える。だから、執行委員会は、日本に仲裁を委ねることにした。日本の海軍力にね」

「あんなもん……」

対潜能力しか持たない、たかが駆逐艦隊をネーバル・パワー（海軍戦力）だなんて……。

「誰がそんなよたなことを考え出したんです？」

「君は、以前海上自衛隊にいたし、中国語を喋《しゃべ》れる。この任務にはうってつけだ」

「冗談はよして下さい。俺は下士官のそのまた落ちこぼれで、中国語なんてレストランの中でしか通用しないんですよ！　ジョニー・リーがいるでしょう？」

「彼にはマレーシアに飛んでもらう。日本政府は、はりきっているよ。常任理事国入りまであと一歩だからね。ああそう、肝心なことを忘れていた。ランディ・マクニールⅡ世が、背後で怪しげな動きを見せている」

「マクニール⁉……」

その名前を聞いた途端、体中のアドレナリンが急に沸騰《ふっとう》したみたいに、頭に一瞬血が上り掛けた。

「それは嘘じゃないでしょうね？」

「事実だ。彼の専用機は今日、台湾へ飛んだ。どうする？　日本への切符を手配させるが……」

「もちろん行きます。もし、マクニールと直接会う機会があったら――」

「国連職員は、殺しのライセンスを持ってはいない。それを忘れるな。個人的な面倒を起こされるのは困る」

「今のは聞かなかったことにしますよ。それが、俺の休暇を潰《つぶ》す条件です」

「アテネ空港で、切符を渡す。成田で、たぶん昔の君の知り合いが出迎えることになるだろう」

「それで、どうすりゃあいいんです？」

「スプラトリー諸島を占有しようとする試みが高くつくことを各国政府に認識させればいい」

「簡単に言いますがね……」

港に、アテネと結ぶフェリーが丁度入港するところだった。斗南無は受話器を投げ出し、二階に上がって自分の私物をシーバッグに詰め込んだ。海上自衛隊時代の習慣で、唯一身に着けたものは、このシーバッグだけだった。

玄関を飛び出る間際、店の親父に「また来年な」と声を掛けた。

一〇メートルと歩かず、マリを乗せたバイクとすれ違った。

「仕事だ」

「ニューヨーク？」

「いや、東南アジア。君は好きにすればいい」

「どのくらい掛かるの？」

「さあ、一週間だか二か月だか解らない」

マリは諦《あきら》めきった表情で、「どうして男ってこうなのよ……」と呟いた。

「俺を待っている男がいる。行かなきゃならん。昔の仇《かたき》を取りに」

「帰るまで待ってるわ」

「来年の夏まで帰らない」

「じゃあ来年まで待つわ」

「勝手にしろ。ポルティーヨ、船着き場まで乗せてってくれ」

「シニョールのバイクはどうします？」

「預けとく。売らんでくれよな」

「はいはい」

ホンダの後ろにまたがった斗南無は、一度もマリを振り向かずに船着き場へと急がせた。

斗南無湊は、一四時間後、成田へアプローチするルフトハンザの機内にいた。かれこれ十数年ぶりの、望まぬ帰国だった。


ルフトハンザのダッシュ400が成田空港に着いたのは、午後八時を回っていた。イミグレーションで国連職員であることを証明する特別なパスポートを提示すると、最初は税関の係官に、次いでは空港職員が運転するイエローカーに押し込められ、荷物共々、エプロンの端っこで放り出された。

二分と経ずに、大型ヘリコプターが降下して来た。国連のスタッフとして世界中を飛び回った斗南無には、聴き馴《な》れたローター音だった。シュペルピューマ、普段は政府要人と外国の賓客、そして皇族方しか乗せない政府専用機だ。

シュペルピューマは完全には着陸せず、地上一メートル程度のところでホバリングしたままドアを開いた。男が、頭を押さえたまま手招きしていた。

斗南無はシーバッグを肩に担ぐと、叩き付ける風圧と闘いながら、頭を屈めてヘリコプターへと乗り込んだ。

手招きした男がヘッドセットを渡したかと思うと、斗南無が座る前に、ヘリはもう上昇に移っていた。

なぜか椅子は取り外してあり、簡易シートしか無かった。

「整備中だったんだ」

簡易シートに掛けてベルトを締める男は、ぶっきらぼうにそう怒鳴った。エンジン音がうるさかったが、ヘッドセットなしでも会話は出来た。

「外務省からお前さんの名前がファックスで送られて来た時は、海幕はちょっとしたパニックに陥ったよ」

「なんでこんな大げさな出迎えをするんだ？」

「最初、外務省は国連のＶＩＰが直接指揮に当たると言って来たんだ。それで失礼があっちゃならんということで、オーバーホール中のこいつを引っ張りだした。シートの張り替えをやろうとしてたところへ貴様の名前が届いて、このままでいいってことになったのさ」

「それが海幕の俺への態度ってわけだ？」

「まあな」

海上自衛隊の制服を着る相手の肩章は三佐だった。

「出世したんだな？」

「ああ、少年自衛官で防大出のエリートさんとどっこいどっこいの競争をするには苦労するよ」

「どうしてお前が鈴を付けに来たんだ？」

「そう邪険に言うなって。俺は今、防衛課付きの身分なんだ。出世街道まっしぐらさ。この一件の現場処理を預かった。これから羽田へ飛び、そこから海保のジェット機で那覇《なは》へ飛び、またヘリに乗り換えて、明日の夜明けには、フィリピンに近づきつつある八八艦隊に乗り移る。横須賀の第一護衛隊群と、佐世保の第二護衛隊群、それに間に合うかどうか解らんが、潜水艦が二隻出た。指揮はイージス護衛艦の『こんごう』が執《と》ることになったんで、たぶんそれに乗り込むことになる。外務省は、フィリピン政府と空軍基地の一時使用に関して交渉中だ。そうなれば、空自さんにも出番が回ってくる」

「なんだよ、そりゃあ？……」

「安保理の常任理事国ポストのためさ。全ては椅子のためだよ。海幕長なんざ総理じきじきの電話を貰ってすっかり舞い上がっているよ」

「解っているのか？　何がどうなるか？」

「ああ。中国海軍の兵力はともかく、装備は三十年前の代物だ。台湾は新鋭駆逐艦を持っているが、練度と量から言えば我々が上。他の国の海軍は、あってないようなものだ。それに、あの地域で制空権を確保するのは非常に困難と来る。実弾を撃つような事態にはならないというのが、海幕と政府の分析だ」

「昔の自衛隊はもっと謙虚だったぜ」

「時代が変わったってことさ。ところで、術科学校を中退した貴様がどうして国連のVIPにまで出世したんだ？」

「アメリカへ渡って、UCLAの夜学に通った。昼はチャイニーズ・レストランでアルバイト。ま、卒業してからアフリカに放浪の旅に出た。エチオピアで国連派遣のボランティアを手伝っている内、スカウトされたのさ。トラックの運転手兼整備士としてな。でまあ、世界中を巡る内、肩書きだけは付けて貰ったってことよ」

「それだけじゃあるまい？」

「当時、国連の難民高等弁務官事務所を仕切っていたメナハム・メイヤという男はなかなかのやり手でな、ユダヤ人だ。アフリカ出身の事務総長が誕生するとたちまち出世の階段を駆け上り、今は事務総長じきじきの調整諮問委員会のボスを務めている。俺はそこの雑用係だ」

「ふむ。で、その組織の本当の正体は何なんだ？」

「国連執行機関。皆そう呼ぶ。危機の芽を摘み取って歩くのが任務だ。必要に応じて、加盟国の軍隊に協力を仰ぐ」

「プライベート・フォースってわけだ」

「今の総長は、じっとしているのがお嫌いな性格らしくてね」

羽田へ着くと、すでに海上保安庁の三発ジェット機ダッソー・ファルコン900はエンジンを回していた。航空自衛隊ですら、三発ジェット機は持っていない。

キャビンには、背広姿の人間が待っていた。ジーンズにポロシャツ姿の斗南無をじろりと一瞥《いちべつ》する仕草で、どういう人間か察しは付いた。

「外務省アジア局の東堂《とうどう》です」

「わざわざすみません。海幕防衛課の甘木達郎《あまぎたつろう》です。こちらは国連の斗南無さんです」

東堂はぎこちない笑顔で、斗南無に右手を差し伸べた。

「どうも。着替えする間も無かったようですな」

「いえ。私はいつもこんな恰好《かっこう》です。挙げ句に休暇中を呼び出されましてね」

シートに腰を下ろすと、東堂は一瞬視線を逸《そ》らして軽いため息を漏らした。

「一応、調べさせてもらいましたよ。貴方のことは」

「ほう、この緊急時に、外務省さんは個人調査をなさるほど人手を持て余していらしたんですか……」

「日本の名誉と威信が掛かっている。この問題はなんとしても、我々の手で解決したい。失敗は許されない」

「そんなにいい座りごこちだとは思えませんだがね」

「君のように国を捨てた人間に、そう言われる筋合いはないと思うがね」

斗南無はその一言で、切れた。かちんと来た。エリートって奴らはいつもこうだ……。

「申し上げておきますが、書記官殿。私のボスはメナハム・メイヤで、貴方がよほどの田舎もんでなければ、メイヤがどういう人間かはご存じのはずだ。私からの電話一本で、外務事務次官の首が飛ぶ。現に、私はこれまで二人ばかり、外務大臣のクビをボスに進言したことがある」

東堂は暗がりで顔を真っ赤にして口ごもった。

「よせよ、斗南無。すみません東堂さん。こいつは昔から他人を怒らせる悪い癖がありましてね」

「俺はくだらんことで、貧乏な外務省に時間を消費して欲しくないし、俺もくだらんことで頭を使いたくはない。それを理解してもらわんとな」

「解りました……」

東堂は渋々降参した。

「アドバイザーとしての貴方の地位は保障するし、その意見も尊重します」

「結構です。最新の状況は？」

「中国政府は、今も国連ビルの廊下で喚き立てています。暗に名指しされたマレーシアや台湾が、身の潔白を晴らすために安保理の開催を要求している。同時に、一〇〇隻近い、各国の大艦隊が、南沙諸島の権益を守ろうとあの海域に向かっている」

「とはいえ、所詮《しょせん》はメダカの艦隊に過ぎない」

甘木がこともなげに言った。

「そうであることを願いたいですな。一戦交えるようなことになって、また日本軍が覇権を求めて南下して来るような印象を与えたくはない」

「そもそもの発端となった、そのチャーター機の墜落ですが、本当に攻撃を受けたんですか？」

「墜落時の最後の通信は沖縄で傍受された。ほとんど意味不明だよ。光の輪に包まれてどうのこうのという内容らしい。少なくともミサイル攻撃じゃないことは確かだ。何しろ最後は中国語で喚いているんで、まず解読に時間が掛かっているというのが現状だ。もし可能性があるとすれば、レーザー攻撃ぐらいだろうが、それはちょっと非現実的だ。掘削リグの爆発炎上も、本当に攻撃を受けたのかどうか怪しい。中国政府が、覇権欲しさにわざとやったのかも知れんからな」

「もし発砲せざるを得ないような事態に陥ったら、誰が命令し、誰が最終的な責任を負うんですか？」

「自衛隊が命令し、外務省が許可し、国連が責任を負う――。というのが建て前で、現実としては、自衛隊が命令し、外務省は傍観し、国連が責任を負い、外務省が尻拭《しりぬぐ》いする」

「国連は主体なき集団だ。責任の取りようなんかないさ。お笑いだね……」

「おいおい、言葉遣いに気を付けろよ。外務省は国連最大のスポンサーなんだろう?」

「俺は明日クビになっても一向に構わない身なんでね」

午後十一時、外交官を基地に残し、二人の、元自衛官と現職を乗せた海上自衛隊の救難ヘリは、一路南へ向けて那覇基地を離陸した。

海南島

海南島どころか、中国空軍始まって以来の騒動となった。六九年の珍宝島事件以来の忙しさだったが、残念なことに、基地の指揮を執る郭学東《クオシユエトン》少将は、まだその頃軍にはいなかった。

九二年暮れに行われた党の軍に対する、〝大虐殺〟では、多くのベテラン将軍たちが失脚を余儀なくされた。それは結局のところ、時代錯誤な〝人民の海〟戦争論に固執する老人たちを追いやり、戦争がテクノロジーとエントロピーの支配する領域であることを抵抗なく受け入れる若手を登用する結果となった。

近代中国軍の装備は、アジア列強の中で決して新しいものとは言えなかったが、少なくとも指揮官たちは、最も若々しく、野心に満ち、柔軟であり、意欲に燃えていた。

フライト・スーツ姿の郭少将は、煌々《こうこう》と照らされるエプロンのまっただ中で、彼が指揮する七〇機余りのスホーイ—27フランカー戦闘機の列線整備を指揮していた。

整備部隊を指揮する李君《リーチユンチユー》秋准将が駆け寄り、油にまみれた手で、書き殴られたメモの束を渡した。郭少将は、それを整備塔から降り注ぐフラッドライトの明かりにかざしながら、次々とめくっていった。

「李将軍、これでは三日も闘えんよ……」

「三日も持てば勲章もんだ」

汗と油にまみれた男は、ぜいぜい息をつきながらも、それが当然のことのように答えた。右手に包帯を巻いており、微《かす》かに痙攣《けいれん》を繰り返していた。

「怪我したのかね？」

「どうってことはない。人手が足りなくてね、冷えきる前のエンジンに触って火傷《やけど》しただけだ。七〇機の飛行隊を一日三ソーティ繰り出すのに、一体いくらの物資を必要とするか解るかね？　一万トンを超える燃料、それに比する弾薬、整備品目」

「燃料は北京《ペキン》が保障してくれる。弾薬もな。問題はたぶん、整備物資だろうな」

「三日で片が付くと思うかね？」

「北京は、撤退はないと明言している。空軍力に関して言えば、我が空軍の七〇パーセントの戦力がこの基地に集中しているんだ。これで負けりゃあ、我々はもう後がない」

聴き馴《な》れないエンジン音のビジネス・ジェット機が、滑走路に着陸して来た。

郭少将は、腰のウォーキー・トーキーを取って管制塔を呼び出した。

「おい、今降りて来たのは誰だ？」

「えーと……。はい、党の偉いさんだと思いますが、副司令が出迎えられる模様です」

「了解した。だが、帰りの燃料を割《さ》く余裕はないぞ。そのことは解っているんだろうな?」

「さあ、泳いで帰るんじゃないですかね……」

ウォーキー・トーキーを仕舞うと、ジープの副官が無線機の受話器を右手に持ったまま、叫んだ。

「海軍司令部からです! 万《ワン》提督がすぐに顔を出してくれと。政治局委員が来るそうです」

「二〇分で行くと伝えろ! まったく、政治家って奴はいつもこうだ……。こんな忙しいさなかにまで訓辞を垂れに来る」

郭少将はメモ用紙の束を突っ返した。

「率直なところを聞かせてくれ。何機が動く?」

「明後日動いているのは五〇機だ。二〇機分はバラして部品補給に回さなきゃならん」

スホーイの受領で、共にロシアに派遣された経験を持つ二人は、ざっくばらんに話した。

「二〇機もか?……。せめてその半分で済ませる方法はないか?」

「モスクワと北京を往復している旅客機の客を降ろし、スホーイの工場から備品を満載して帰る。それしかないいな」

「掛け合ってみること。その程度のことはしてもらわんとな。こっちの貴重な時間を割くんだ」

　少将はジープに飛び乗ると、偉いさんより早く海軍司令部に着くために、脇道へと入り、ほんの五分ほど先に、西側ナイズされた万国権《ワンクオチユエン》海軍中将の部屋に入った。中将は、愛用のマッキントッシュの画面を眺《なが》めながら、受話器を二つ握っていた。

　パソコンの心臓部であるボードのかなりが、台湾からシフトして中国で製造されているが、それを使いこなせる人間も、西側の想像以上に多いのだ。

「……いやいや、そんなことは必要ない！　燃料を満載する必要はないと言っているんだ。片道だけでかまわん。帰りの燃料を積んだフネが到着するまで漂流させとけばいい！」

　提督は、受話器を握ったまま、パソコンの画面を覗《のぞ》き込むよう視線で合図した。

「そうだ。それでいい！　武装もあるだけでいい。こっちが制空権を確保すれば、重慶砦まで空軍の輸送機が最低限は空輸してくれるよ。要はプレゼンスを誇示することだ」

　提督はガチャンと受話器を置いた。少将がマックの画面を覗き込むと、海図の画面に、展開中の艦艇が、ポツポツとイラストで描かれていた。その数は二〇を超えていた。

「海面下には原潜もいる。たいして頼りにはならんがね」

「やれますか？」

「君はどうだね？」

「問題は台湾がどう出るかでしょうね。F―16にミラージュまで。あの戦力は恐ろしい。マレーシアやベトナム、シンガポールの戦力は考慮する必要はない」

「制空権なくして、我々は闘えない。君が台湾海軍にプレッシャーを掛けてくれるものと期待している」

「解っています」

「いかんせん、遠すぎるよ……」

「それを言わんで下さい。空軍にとっても、気が遠くなりそうな距離なんですから」

バタンとドアが開いて、開襟《かいきん》シャツ姿の小柄な男が入って来た。蛍光灯の下でも、日焼けした顔は良く解る。ゴルフ焼けした顔だ。二人の将軍は、そのエネルギッシュな人物を、まるで亡霊でも見つめるかのように、ポカンとした表情で見つめ返した。

「どうした？　幽霊でも見たか？」

「幽霊みたいにまた消えないことを望みたいですな」

万提督は、口元に右手の甲を当てがいながら、ため息混じりに呟いた。それが、提督が慌てた時の素振りだった。

らいなく見せるのが、彼の性格だった。

「焦《あせ》らんでいい。こうして足も付いている」

小柄な男は、その場で二、三回足を踏みならして見せた。そういう滑稽《こっけい》な仕草をてらいなく見せるのが、彼の性格だった。

「どういう事情かお聞かせ願えますか？　手短に」

「理由も何も。上海《シャンハイ》の研究所で、ひがな一日、西側の経済誌を読み耽《ふけ》っているところを、突然、ご老人からお呼びを受け、いっさいの政治的権限を委ねられた。全てを掌握し、命令し、我が中国の主権と領土を揺るぎないものとせよ。それが命令だ」

胡邦国《フーバンクオ》前上海市党書記は、中国のゴルバチョフと呼ばれていた。学者肌が多い北京大学出と違い、新たに頭角を現しつつある技術系の清華大学の出身だった。鄧小平《トンシヤオピン》の覚えめでたく、中央委員候補から三階級特進を遂げて政治局常務委員になったのも束の間、旧世代の反感を買いすぎて、わずか一年で失脚させられた男だった。

軍との関わりは、国営企業の改革に振るった辣腕《らつわん》を買われて、近代化計画の策定の中心になってからで、西側の軍事筋では、中国軍のマクナマラと呼ばれていた。

「何とお呼びすればいいんですか？　同志？　それとも常務委員とお呼びしてよろしいんですか？」

「同志でいいよ。そんなことにこだわらんでくれ」

胡は、自らパイプ椅子を手に取ると、提督の居卓の前に腰掛け、自ら受話器を取って、三人分のコーヒーを副官に命じた。

「さてと、ホラは聞きたくない。我々は、西側の装備で固めたＡＳＥＡＮの戦闘機、駆逐艦と渡り合わねばならん。見通しを聞こうじゃないか？」

「旅大Ⅱ型を四隻、Ⅲ型も出せます。イーグル・ストライクを装備した江滬《エコ》Ⅲ型はすでに一〇隻余りが南沙諸島に展開しております」

「マレーシアやフィリピン海軍にはそれで十分だろう。だが、台湾海軍にとっては敵ではない。向こうはオランダ製の潜水艦まで持っている……」

「貴方が出てきたとなると、台湾軍の位置づけも変化しそうだ。これを仕組んだのが台湾でなければね」

胡はにんまりと笑った。

「連中じゃないよ。潜水艦による攻撃だったという君たちの判断は尊重するし、まともな潜水艦を持っているのは台湾海軍だけだということも知っておるが、それは確かだ。何も得るものはない。武力衝突にしてからが、今双方が最も避けなければならない問題だと思っている」

「では、期待してよろしいのですか？」

二人の軍人は、意外な成りゆきに互いの表情を窺《うかが》った。

「台湾海軍や空軍が味方に付くようなことを期待して貰っては困る。だが、私が連中ならこう考える。あの諸島の権益を、台湾一国で独占できないのであれば、ASEANに渡すより、大陸と共有するにこしたことはないとね……」

「すでに何らかの接触があったと考えてよろしいんでしょうな？」

「これから厦門《アモイ》へ飛ぶ予定だ。君たちの切り札は何かね？」

「重慶砦です。すでに八〇パーセント方完成しています。航空燃料や弾薬がある程度備蓄され、イーグル・ストライクの地上発射基、近接防空火器システム、二〇〇名の陸戦隊が陣取っています。ここだけで、我が中国軍の一〇分の一の戦力が集中していると言っても過言ではありません」

「八〇パーセントというのは気になるな。残りの二〇パーセントは何の遅れだ？」

「最終的には、我々はここにフランカーを二個飛行隊駐留させる計画です。整備棟、弾薬庫、燃料タンクは出来ましたが、肝心の整備兵を駐留させるための兵舎が出来ておりません。何しろ、総数で一〇〇〇名を超えますから、後回しになりました。もちろん、我々は状況を睨《にら》みつつ、随時、兵員を投入するつもりでおります」

「では現在、ここに整備兵はいないのかね？」

「燃料と武器を使い果たした戦闘機を、再びフル装備で離陸させるには、莫大な人員と物資が必要になります。要は効率の問題です。重慶砦に着陸させて不十分な装備と整備状況のまま戦線に復帰させるか、往復に三時間を費やして、ここで完全な状態で復帰させるのがベターか。今は後者の判断が無難だと考えています」

「任すよ、郭少将」

「モスクワから、緊急に整備物資を買い付けねばなりません。交渉して貰えますか?」

「無論だ――」

コーヒーが運ばれて来ると、会話が一瞬途切れた。一口飲んだところで、万提督が口を開いた。

「胡同志、率直なところ、我々はどの程度、貴方の復権を信用すればよろしいんですか? 北京の常務委員全てが、諸手《もろて》を挙げて貴方を歓迎するとは思えない」

「もちろん、私の足を引っ張る奴はいるだろうな。だが気にはせんよ。また昔みたいに、辺り構わずやるさ」

「我々を巻き込まんで下さいよ」

「おいおいご挨拶《あいさつ》じゃないか? 君ら二人は今のポストに不満かね? ここの第一線ではなく、北京で愚にもつかん噂話《うわさ》に付き合い、老人との権力闘争に明け暮れていれば満足だったかね?」

「貴方と組んで策定した近代化計画は、軍の兵力を最大三〇パーセントも削減する代物だった。我々がブチ当たった障害を想像して下さいよ」

「すまんな。生憎その頃は政治から手を引いてゴルフざんまいだったものでな。呉中将は残念だった。本当の墜落原因は何なのだ？」

「さあ？　傍受基地が受信した、最後の交信記録は北京が持って行きましたから。ただ、重慶砦にあったレーダー基地は、何らの攻撃も察知しておりません。一方でレーダーがひどく調子が悪かったという報告も受けているので、果たして真相は不明です」

「君らはどう思う？」

「掘削リグの渤海Ⅱ号は移動中に攻撃を受けました。それだけは事実で、たぶんそれは潜水艦による攻撃です。誰かが、何らかの意図を持って動いていることは疑いようもありません」

「わたしゃまた、軍部の自作自演劇かと思ってたんだがね……」

「やるんなら、少なくとも重慶砦が完成してからにしますよ」

「北京の連中がうるさくてな。必要とあらば核の使用も辞さずという輩《やから》もいる」

「本気で戦争をやらかすつもりなんですか？」

「北京の連中は出来ると息巻いている。何しろ、我々は来年、石油輸入国に転落する。南沙諸島は、中東を除いては、もっとも有望な石油埋蔵地域だ。経済を知らん連中が飛びつくのも無理はない」

「経済の専門家である同志の考えはどうなんですか？」

「簡単だよ。石油を輸入すればいい。そもそも、石油需給の見通しが狂ったのは、この驚異的な経済成長にある。ビルがおっ建つおかげで電力からコンクリート、ガソリンまで底抜けの需要が産まれている。経済が成長するということは、それだけお金も出回るということだ。無論理想を言えば、資源は国産に越したことはない。だが、台湾にせよ、韓国、日本にせよ、産油国ではないにも拘わらず、経済は成長を遂げた。逆に、産油国であるマレーシアやインドネシアが成功しているわけではない。そう、ドルを支払い、石油を買えばいい」

「貴方らしいドライな考えですな。しかし、党の誰が付いて来てくれることやら……」

「問題はそれだ。我が中国軍の軍事力が、アジア列強の中では芥子粒《けしつぶ》みたいなものだということを党員が知らんように、石油は買えるのだということを誰も受け入れてくれん。だから、私は君たちに無理難題を押し付けるしかないのだ」

胡邦国は、コーヒーを一気に飲み干すと、カップをガシャンと音を立てて皿に返した。

「さてと、当然敵は重慶砦を叩いて挑発して来るわけだが、向こうには誰がいる？」

「基地司令官の張徳江《チャンデチャン》大佐が指揮を執《と》っています。呉中将が最も信頼を寄せていた人物で、我々も個人的に知っています。戦場を任せるのであれば、彼以外にはいません。重慶砦の設計図を引いたのも、彼自身です」

「よかろう。連絡は密に頼む。交戦は一向に構わんし、重慶砦は死守してもらわにゃならん。いずれにせよ、勝ち戦にはならんだろうが……」

「貴方の目論見が段々解って来ましたよ。要するに、中南海の連中に、南沙諸島を巡るコスト・パフォーマンスが高くつくことを教育しようというわけですな？」

「それじゃあまるで、私が君たちを生け贄《にえ》にするみたいじゃないか？　見捨てはせんよ。海の藻屑《もくず》にするには、惜《お》しい戦力だ」

政治家が、首筋の汗を拭いながらそそくさと去ると、二人の将軍は深々とため息を漏らした。

「少なくとも、我々の理解者が北京にいてくれるのは喜ばしい……」

「本当にそうですかね。いざとなりゃ、部隊が全滅して構わないと言われているんですよ」

「いいじゃないか。散々期待させといてスケープゴートにされるよりは」

「ま、そうですがね。少なくとも、ロシアからの支援物資は期待して良さそうだ……」

「君は飛行隊を前進させられるかね？」

「ええ、一個飛行隊程度なら、朝までに重慶砦に前進できます」

「エア・カバーをよろしく頼むよ。クロタル艦対空ミサイルを搭載した艦は二隻しかいないんだ」

「解っています。まあ、敵が台湾でないことを祈るのみですな」

郭少将は、政治家に遅れること二分後、海軍基地を後にした。夜明けが近づき、基地のエプロンでは、スホーイ—27フランカー戦闘機のエンジンの排気熱に地平線が揺らいでいた。


斗南無と甘木三佐は、外務省の東堂を沖縄に残し、海自のUH—60J救難ヘリで、フィリピン沖に近づきつつあるイージス護衛艦『こんごう』（七二〇〇トン）のヘリ・パッドに降り立った。

水平線には朝日が昇り、艦上の長い一日が始まろうとしていた。

「このヘリは残しておいてくれよな？」

「天気が荒れなきゃ大丈夫だろうが、整備は出来んし、燃料も積んじゃおらん」

「じゃあ、後続の八八艦隊で補給しといて貰ってくれ」

「交渉はする」

制服姿のウエーブが待っていた。

「船務科の熊谷麻里一尉であります。お二人のお世話を命ぜられました」

甘木は、直立すると司令塔上の旭日旗に敬礼を捧《ささ》げた。三つ星の海将旗が掲げられていた。

「甘木三佐だ。乗艦許可を願う」

「乗艦を許可します」

斗南無は背中にシーバッグを担いで、「時代も変わったんだね……」と呟いた。

「着替えをなさいますか？」

「ああ頼む。こいつをこんな恰好で新鋭艦の中をウロチョロさせるわけにはいかんからな。お父様には江田島でお世話になったよ」

「父をご存じなんですか？」

「セーラー服姿の君も覚えている。ゴルフの腕は上がったかな？」

「ま、自衛隊って狭いですからね。年のせいか腰の調子が悪いらしくてお預けのようです」

ピカピカの艦内には、ラダーの手摺《てすり》に巻き付けられている滑り止めの紐《ひも》にも、まだそれらしい手垢《てあか》はなく、新造艦特有のペンキや油の臭いがこもっていた。

二人には、司令部機能を持ち合わせる『こんごう』の、幹部用二人部屋があてがわれた。

「夏期作業服を準備しました。もしサイズが合わないようでしたら、申しつけ下さい。外で待っておりますので」

斗南無には、三佐の肩章が準備してあった。

「俺なんざ、上官の靴を嘗《な》めてようやっとここまで出世したってのに、泥ひっかけて出てった奴が同じ待遇とはな……」

「下士官じゃ、いろいろ不都合があるんだろうて」

ジーンズを脱ぐと、斗南無の太股《ふともも》の傷跡に甘木がギョッと目を剝《む》いた。

「お前……、外人部隊でも行ってたんじゃないのか？」

「この丸っこい穴は、四年前ベイルートでシリア兵に撃たれた。こっちの裂け目は、去年クウェートの地雷処理をボスが視察中に、運悪くやられた。バングラデシュ兵が横一列になって、鉄棒探りをやっている最中に、カンガルー鼠が飛び出て来て、選《よ》りによってバルマイラに触って、ドカン。バルマイラって地雷は、対人用で、何と一度ジャンプしてから爆発する。ラクダが八つ裂きになる。幸い、隣にいたバングラデシュ兵が俺の身代わりになってくれた」

「楽しいか？」

「ああ、政治がどうのこうのと怒る必要もない。マイホームのローンを組む必要も、組織にあっては上に絶対服従だなんて時代錯誤なことを言う教官もいない」

「結構こだわっているじゃないか」

プレスの利《き》いたシャツを着るのは久しぶりのことだったが、さすがに帽子まで被《かぶ》る気にはなれなかった。

熊谷一尉に案内されて司令官公室に出向くと、提督が出迎えてくれた。

上座に座るのは、海将旗の主である、護衛艦隊司令官で、一佐の肩書きは、たぶん作戦幕僚だろうと目星を付けた。

「遅くなりました、司令官」

「うん、お早う。紛争海域に着く前に着いて何よりだ。幕僚長は横須賀で留守番だ。こちらが、作戦幕僚の浜川陽一一佐。僕が護衛艦隊を預かる正岡史朗だ。ま、名前はどうでもいいことだ。うちじゃ、名前じゃなく肩書きで呼び合うんでね。それくらいのことを君が記憶しておいてくれることを望むよ」

「その程度のことなら覚えていますが、司令官……。私は別に敵じゃありません」

「私の昔の同僚に、あの頃教育部隊にいたのが何人もいてね、おかげで出世を棒に振った様を見て来た」

「それは私のせいじゃなく、時代錯誤な自衛隊の人事システムのせいです」

「無論だ。なるべく君を色眼鏡で見ないよう努めるよ。内局からは、あらゆる便宜《べんぎ》を君に図るよう訓令を受けている。異例なことだよ。制服の命令系統を無視して電話を貰った。すまんが、麻里ちゃん。コーヒーを頼む。僕はこの娘のオシメを換えてやったことがあるんだ」

熊谷一尉が耳たぶを真っ赤にして照れた。

「司令官！　そういう話はセクハラだって言っているじゃないですか。だいたい勤務中にちゃん付けは止めて下さい」

四人の男は、南沙諸島の海図が乗るテーブルを挟んで、ソファに腰を降ろした。

「幸いなことが一点だけある。作戦幕僚の浜川君は、もともと中国屋だ」

「この頃はそう詳しくはありませんがね」

「我々がいるのは、ここ、ルソン島のほぼ真上になる。昼過ぎには、東沙諸島《パトラス》の東を抜け、夜中に中沙諸島を通過、明日の昼頃には、南沙諸島に着いている予定だ。掘削リグが攻撃を受けたのは、西端の永暑島《フエアリークロス》の北で、この永暑島を巡っては八八年にベトナムと軍事衝突が起きている。最大の島は台湾が占有する、ここ太平島で、ここには長島という日本名まである。ここには燐《りん》鉱石があり、戦前から人が住んでいたが、その他は島とは呼べない岩礁類だ。ちなみに、日本がこの諸島に領土標識を立てた時代もあった。もっとも、後にフランスと揉《も》めた時には、日本はここが中国領であるとの見解を発表した。地理的にほとんど利害関係がない中国が、領有を主張するひとつの根拠にもなっている。ベトナムが二〇前後を占有して、フィリピン、マレーシア、中国が八つずつ占有している。別に自国に近い部分から取って行ったわけじゃない。その配置はバラバラで、まさにモザイクだ。ここに立つ各国の旗だけで綺麗《きれい》なタペストリーが織《お》れるよ。そもそもの発端となった、中国軍の要人を乗せた旅客機は、ここ、重慶砦に向かっていた。南沙諸島の中心に位置する岩礁地帯で、もとは干潮時にリーフが顔を出すだけの浅瀬だった。中国は、ここに三年掛かりで要塞《ようさい》を築いた。連中は、我々が沖ノ鳥島でやったことをそっくり真似《まね》たよ。唯一独自の発想でやったのは、領有権問題のクリアで、珊瑚礁《さんごしょう》を切りとり、コンクリートで三メートルほどかさ上げして、またくっつけた。領土法では、島は海面上に露出していなければならないからね。そして、我々がやったように、まず岩礁地帯をテトラポッドで囲み、数百万トンの土砂とコンクリートで、人工島を造った。長さ二五〇〇メートル。最大幅一二〇〇メートル。一万トン・クラスの艦船が接岸できるバースと、二〇〇〇メートルの滑走路を持つ。香港筋の噂では、地下基地まであるらしい。その堅牢《けんろう》さから、日本軍の空爆に耐えた重慶にあやかって、重慶砦と名付けられた。現在、南沙諸島の最大の不安定要因だ。各国が撤去を要求している。次に何かが起こるとすれば、ここだろう」

「そのリグ攻撃の犯人は誰なんですか？」

「日中の攻撃で、多数の生存者がいることから、おそらく潜水艦による攻撃だったことははっきりしている。しかし、この付近で潜水艦を持っているのはインドネシア海軍と台湾海軍だけだが、インドネシアはたいして利害関係を持たないし、インドネシア海軍が保有する二隻の潜水艦は、いずれも港にいることがアメリカ海軍筋によって確認されている」

「じゃあ、台湾ですか？」

「その可能性はほとんどない。動態班の観測では、台湾海軍には何ら、その前兆は無かった。騒動になって以来の出足も鈍い。そもそも、潜水艦と解るような攻撃をしたんでは、犯行現場に指紋ベタベタの手形を残して帰るようなものだ。私は台湾ではないと思う。考えられるケースは二つ。中国海軍の自作自演劇。あるいは何処かが台湾の仕業に見せかけるために、何処からか潜水艦をレンタルした。重慶呰がまだ完成していないことを考えると、後者の方が合理的だ」

「その潜水艦とやらは、中国の奴でなければ、まだこの海域にいるんでしょうな……」

「そう考えなきゃならんだろうな。何しろ、ＡＳＥＡＮ諸国や中国海軍は、ほとんど対潜能力を持っていない。やりたい放題だよ」

朝食の時間を告げる艦内アナウンスが鳴った。正岡司令官は、結局コーヒーに唇を付けることなく腰を浮かせた。

「さて、駆け足で飛び出て来た。装備品の調整も終わっとらんし、二個護衛隊群を実戦に参加させるとなるとことだ。今日中には、大方の詰めと調整を終わっておきたいな」

「八八艦隊を二つも、二日三日の短時間で出したんですか？」

「昔と違って、ガスタービン艦は立ち上がりが速い。それとは別に、観艦式の予備訓練が明日から行われることになっていた。そのせいだよ、こんな早く動けたのは。それとも、君は、海自の潜水艦が中国を攻撃したとでも考えるかね？」

「そうは言いませんが、何となく引っかかるもので……」

「私だって、納得いかんことは山ほどあるよ。だが、アメリカが出ない以上、この地域で他に憲兵役を務められる海軍がおらんことも事実だ。せいぜい貧乏クジを引かされんよう気を付けるよ。さあ、飯にするぞ」

斗南無にとっては、腑《ふ》に落ちないことばかりだった。情報が早すぎる。潜水艦という特定も早ければ、何より、優柔不断がモットーみたいな政府がこれほど素早く決断し、しかも、通常なら一週間ぐらいは出港準備を要するはずの八八艦隊を、漏れなく動かせたのも納得ならなかった。

メイヤの狸親父《たぬきおやじ》め……。またよからぬことを企《たくら》んでいやがる。

そんな予感がしていた。

重慶砦

ランディ・マクニールⅡ世の専用機であるダッソー・ファルコン900Bは、与圧を抜きながら、徐々に高度を落とし始めた。

三発ジェットのファルコン900は、現有している最も高性能のビジネス・ジェット機だった。七〇〇〇キロに達する航続距離は、太平洋を無給油で横断でき、時速八八〇キロの巡航スピードは、大型旅客機と比べても遜色《そんしょく》ない。

無論、マクニールは税関以外の手荷物検査を受けることはなく、そもそもその税関にしてからが、マクニールのような、国の防衛と貿易に貢献している人間には、見て見ぬフリをするというのが実状だった。

マクニールは、操縦桿《かん》をお抱えパイロットに委《ゆだ》ねると、パイロット・スーツからジャンプ・スーツへと着替えた。着替えながら、本社や各支局と繋《つな》ぐファクシミリ送受信機をチェックした。

ニューヨーク支局長の報告が数枚綴《つづ》りになって吐き出されてくる。

国連内部による、イギリスとアメリカ政府の謀議に関する報告だった。

「イギリスは所詮、アメリカをけしかけることぐらいしか出来んさ。そしてアメリカは動かない」

マクニールは、ジャンプ・スーツのジッパーを上げながら、少年の頃から彼のお守り兼軍事教官を務めるボブ・スナイダー少佐に話しかけた。

「たぶんそうでしょう。だが、お忘れなく。アメリカは台湾に圧力を掛けることは出来る」

「タイペイの連中の鈍重さじゃ、動き出すまであと十年は掛かるよ」

マクニールは口惜《くや》しげに呟《つぶや》いた。彼らにとって、台湾は最大の顧客だったが、困ったことに台湾は、自国の軍事力の整備状況に満足しており、中国の領土的野心にはまったくの無関心だった。少なくとも、マクニールが接触した政府関係者の全てがそう装っていた。

「まあいいさ。全てが片づけば、台湾軍部はいずれ南沙紛争に関するアセスメントを出す。それには、レーダーからミサイルに至るまで、軍部が新たに必要とするオモチャが列挙してあるはずだ」

「もし、重慶砦が予想外に早期に崩壊するようでしたら、予定通りでよろしいですか？」

「ああ、タルムン・スルタンは、我々に恩義がある。しかも、ドラ息子の悪行で立場が危うい。ちょっと鼻薬を嗅《か》がせれば飛びつくさ。あれっぽっちの武器でも、各国軍をかき回すぐらいのことは出来るだろう」

「もし、『ガンジスⅡ』が危うくなっても、こちらは援護出来ませんが……」

「この付近は浅いし、幸い嵐の気配はない。どこかの岩礁地帯に漂流して、魚釣りでもやるさ」

「貴方に何かあれば、お父様に叱責《しっせき》されるのは私なんですがね……」

「通信は絶やさんでくれよ。可能な限り傍受させる」

マクニールは、ジャンプ・スーツの下に装着したショルダー・ハーネスのホルスターに、ステアー社製のＴＭＰ（戦術マシン・ピストル）を収めた。ピストル並みのコンパクトさで、サブ・マシンガン並みの威力を持つ優れ物で、マクニールが新たに各国に売り込むつもりのオモチャだった。

基本的には、警察や公安組織向けの対テロ武器であり、さして数量がさばけるわけではないが、この手の商品こそが、マクニールのお気に入りだった。

ファルコンが浅いバンクを描くと、朝焼けに澄み切った大海原に、一本の黒い線が漂っていた。

「やれやれ。少なくとも、カーターと無線機は間に合ってくれたわけだ」

ファルコンが、その眼下の目標に向けて浅いバンクを描き始めると、マクニールは風よけのゴーグルを装着し、ジャンプ・スーツの内側にワインボトルを一本たくしこんだ。

「お忘れなく。我々の目的は、この海域にカオスをもたらすことであって、派手な戦争をおっ始めることじゃありません。アメリカ軍やシンガポール軍までおびき出すような騒ぎは起こさんで下さい」

「解っているって。君の援護さえ完璧《かんぺき》ならば、全てはうまく行くさ」

高度二〇〇〇メートルで水平飛行に移ると、ファルコンは三発のエンジンを全て停止し、ソアリングに移った。

「さすがは空軍出身の機長だ。見事なお手並みだね」

ドアを開け、機外へ身を乗り出すと、マクニールは海面の目標へと向け、勢い良くジャンプした。

エーゲ海でパラセーリングを楽しんで来た彼も、パラシュート降下するのは久しぶりだった。幸い風はほとんどない。カーターがうまくやってくれれば、目標は風に艦首を立てているはずだった。

海面に着水する方が、その瞬間自体は安全だが、水中でパラシュートの索が絡《から》まり、更に上からパラシュート本体が覆いかぶさって来る危険を考えると、デッキに直接降下したかった。もちろん、デッキとて、司令塔に激突したり、海面へ滑り落ちたりの危険はあった。しかし、成功すれば、何より濡《ぬ》れずに済む。

マクニールは、ヴィクターⅢ型原潜の、前部デッキ、一〇メートルの辺りに着艦した。四、五歩駆けながらゆっくりと制動を掛け、パラシュートを畳んだ。

マクニールの海軍問題のアドバイザーである、ショーン・カーター少佐が、破顔しながら握手を求めてきた。

「相変わらず見事な着艦だ、ランディ」

カーターは、イギリス人のスナイダーとは違ってざっくばらんに喋《しゃべ》った。

「ああ、これなら世界選手権にも出られる。君たちの作戦は全て順調に運んでいることを確認している。君のボーナスも弾まなきゃな」

「そいつは有り難い。艦長を紹介するよ」

カーター少佐は、ランディのパラシュートを受け取ると、司令塔の上に立つ、痩躯《そうく》の男に向かって顎《あご》をしゃくって見せた。

「どんな男だ?」

「我々とは違う。強いて言えば、ロシア風海軍魂の持ち主だ。出港前日になって、アメリカ人の私が乗り込み、なお怪しげな任務が加わったことに不快感を示している。あんな男をどんな条件で納得させたのか知りたいね」

「上の方をまず、金と、経済理論で納得させた。作戦が成功すれば、ロシアは更に戦闘機やミサイルを売れるし、ひょっとしたら港で朽ち掛けている潜水艦や巡洋艦だって買って貰《もら》えるかも知れんからな。彼が謹厳実直な軍人であれば、任務に好感は持てなくとも、その目的は受け入れざるを得ないさ」

マクニールは、ジャンプ・スーツにたくしこんだワインをカーターに差し出した。

「こいつは有り難えや。艦内じゃ、喧嘩《けんか》の元になるっていうんで、アルコールはご法度なんですよ。もっとも、兵士はこっそり持ち込んでますがね。士官は見てみぬフリです」

発令所に降りると、艦長は司令塔のハッチを締め、最後に降りて来た。

「紹介しよう、ノヴィコフ艦長。こちらが我々のボスであるランディ・マクニールⅡ世。こちらはアレクセイ・ノヴィコフ中佐だ」

ノヴィコフ艦長はニコリともせずに狭い発令所で右手を差し伸べた。

「我が祖国で、誰が貴方をボスとしてあがめているか存じ上げないが、この艦内では、私がボスです。その点はご了承頂きたい」

訛《なまり》のまったくない、クイーンズ・イングリッシュだった。

「貴方がたの利益と、我々の利益はまったく合致するものです。その点の認識に関して、あるいは話し合う必要があるかも知れませんな」

「同感だ。だがその前に、フネを潜航させねばならん。ロビンスキー伍長、ミスターの世話を命じる。司令官居室にご案内してから、四人分のお茶を用意しろ」

ノヴィコフ艦長は、そこまで英語で命じてから、ロシア語で何かを命じた。頭上のエアバルブから空気が吹き出したことから、それが潜航前の気密チェックであることが解った。

艦長室の隣にある司令官居室に案内されると、日焼けした伍長は調度類を、簡潔にして明瞭《めいりよう》な英語で説明し始めた。

「洗面器はちょっと壊れてますから、用事がある時は命じて下さい」

「君は何処《どこ》で英語を覚えたのかね?」

「英語?……。ああ、商売ですよ。潜水艦勤務は、航海が終わると長い間、オカに留まります。そんな時、西側の観光客のガイドを買って出るんです。そのためにラジオを聞いて勉強しました。ドルのチップだけで、十年は暮らせます。俺、艦内で一番金持ちね。アメリカの車を三台、日本のビデオ・マシーンも二台持っています」

「そう、そりあ凄《すご》い。今度僕と一緒に新しいビジネスでも始めないか。自動車なんかじゃない。飛行機だってヨットだって買えるぞ」

「はいはい」

伍長は全身から訴えかけるように二度三度と大きく頷《うなず》いた。

「ミスタ・カーターからもお誘いを受けました。君にはビジネスの才能があるから、この航海が終わったら一緒に組まないかと」

「ぜひお願いしたいね」

「でも、ノンドは遠いですね。俺、明日にでもこのフネを降りたいです」

「ビジネスの鉄則をひとつ伝授しよう。ことを急いてはならない。やるべきことはきちんとやらねばならないし、一度結んだ契約は決して破ってはならない」

マクニールは、ジャンプ・スーツのポケットから、一〇〇ドルの米ドル札を出して渡した。そのポケットには一枚しか入っていなかったが、別のポケットには一〇枚、更に別のポケットには一〇〇枚の束が分散して収めてあった。

「あいにくカジノに行く予定が無かったので、これしか持ち合わせがないが、取っておきたまえ。たぶん、このフネに関しては艦長より君に尋ねる機会が多くなるだろうと思う」

「はい。有り難うございます！　もちろん、俺が解らないことだって、何だって調べて来てご覧にいれます」

「うん、よろしく頼むよ」

ロビンスキー伍長は、ドアを閉めると、さっそく以前アメリカの観光客に教わった通り、ドル札の透かしを明かりに透かして見た。この有り難いお客がフネを去るまで、せめてもう四、五枚は、せしめたいものだと思った。

艦が深度二〇〇メートルで水平航行に移ると、ノヴィコフ艦長は、副長のヌマイラ・アッバード少佐を従えて士官居室に現れた。セイロン茶を飲みながらの話になった。

「率直なところ、私はインド海軍を巻き込みたくはない」

マクニールは、インド海軍から派遣されているアッバード少佐がこの作戦に関わることに賛成できなかった。このフネには、インド海軍の士官、下士官が一〇名ほど乗り組んでいた。

「自分が受けた命令は、このフネに習熟しつつ、無事にインドまで持ち帰ることです。そして恐らく艦長に与えられた命令も、無事にインドに持ってゆくことだと思います」

「それに異存はない。何しろ、このフネをインド政府に仲介したのは我がマクニール・グループであり、これがインドに着かないとなると、我がグループは莫大な違約金を支払わねばならない。そんなことは私も望んではいない。しかし同時に、現在進行中の作戦は、今後の兵器市場にとっても極めて重要なのだということを理解して欲しいのだ。とりわけ艦長には」

「それは解っている。カーター少佐といく晩も話し合ったし、現にこれまでの任務は完璧にやり遂げて来た」

「ほとんど静止しているリグを攻撃するなどたやすいことです」

「その通りだ。これからはＡＳＥＡＮ諸国の海軍が出てくる」

「だが、何処も潜水艦を保有してはいないし、対潜能力などあって無いようなものだ」

「簡単に言うのは止めてくれ。こんな浅い海で、原潜が逃げ回るのがどれほどたいへんか……」

「岩礁地帯であればこそ、逃げ場も多い」

　カーターが口を挟んだ。

「カーター少佐、何度も言うが、君は潜水艦屋じゃない。素人を惑わすようなことを言わんでくれ」

「大丈夫ですよ、艦長。我々は煙が立つ場所を見つけて火を付けて回ればよいのです。何も心配はいらないし、まさかこの問題に関わる連中は、原潜がいるなどとは思いもしない。たとえそう解ったとしても、ロクな魚雷もないのに、我々をどうやって攻撃するというんです？」

「マクニール・グループが、最新鋭の魚雷や機雷を各国に売り捌《さば》いていなければ、まま安全ではあるがね」

「それなら、私が保証します。現にマクニール・グループを代表する私が、こうして貴方がたと危険を共にしているし、この作戦が終わるまで、私がここを離れることはない。もし私が逃げ出したら、貴方がたもその時点で任務を放棄すればいいじゃないですか？」

「その言葉を信じるしかないな……」

　壁に埋め込まれた航行情報盤には、このヴィクターⅢ型原潜『ガンジスⅡ』が、二

○ノットで南東へ向かっていることが示されている。
「夜半には、重慶砦へ着く」

「向こうに機雷原があったらどうするね？」

「そんな心配は無用です。中国はロクな機雷を持ってはいないし、私も売ったことはない。他の誰も売ったという情報はありません。第一、そんなに接近する必要は生じないし、連中が機雷が置けるような深度には、この潜水艦は侵入できません」

「では君が持ち込ませた一トン近い、怪しげな特殊装備は何のためにあるんだね？」

「万が一の事態に陥った時、我々が生き延びるためです」

「なるべく穏やかに頼むよ。我々はパラシュートに乗ってひょいと逃げるわけにはいかん」

「もちろんです。陽《ひ》が落ちたら早々に、次の作戦に掛かりましょう」

マクニールとカーターはお茶を飲み干すと、その重量ゆえに分散して収納された各装備品のチェックに入った。マクニールにとっては、退屈な交渉と違って、それが至福の瞬間だった。


郭少将が油にまみれていた頃、重慶砦を預かる張徳江大佐は、泥と砂と、コンクリートにまみれていた。最後に補給されたコンリートを、全て使いきるまで、要塞《ようさい》の強化を図るつもりだった。

海南島司令部や北京《ペキン》の連中が、ここを重慶砦と呼ぶのは滑稽《こっけい》だった。確かに弾薬庫や備品庫は半地下のベトンと土で固めた対爆風の盛り土の中に収められていたが、それとて換気扇窓まで塞《ふさ》ぐわけには行かず、米軍が湾岸戦争で見せたようなピンポイント攻撃をやられてはひと溜《た》まりもなかった。しかもまずいことに、各弾薬庫は密接し、ひとつが爆発すれば、隣の弾薬庫どころか、島全体を吹き飛ばす危険もあった。

そう、ここは要塞というより、弾薬庫と呼ぶにふさわしい。一度火が点《つ》けば、手が付けられない内に全島へ回り、跡形無くただの岩礁地帯へと帰すだろう……。

基地司令官として海軍空軍を指揮する張大佐とは別に、守備部隊全般を指揮する特攻隊長の李成仁《リーチヤンレン》中佐が、トラックを改造しただけの移動管制塔の中に入って来た。

そのトラックは、人間のためというより、搭載する管制機器のために――といっても旧式の無線機と、これまた旧式のレーダー管制機を搭載しているだけだったが――、一応のクーラーが入っていた。

「セメントは後どのくらい残っているかね？　中佐」

「もう五〇トンばかりですね」

「弾薬庫の上にブチまけてくれ」

「はあ？　しかし他にも使い道が……」

「兵たちの体力はもう限界だ。トーチカを強化するために手間を取らせては、いざという時に疲労で倒れることになる。弾薬庫の屋根にぶちまければ、爆弾が降って来た時に、ほんのささやかな装甲板の役目を果たすだろう。ちょっとした複合装甲になる。クロタル地対空ミサイルの設置は終わったか？」

「はい。四基ともに終わりました。ただし、電力を節約する必要から、作動中のレーダーは一基のみです。この一基が狙《ねら》い撃ちされたら、2号基、3号基に引き継ぎます」

「ほう。そんなことが出来るのかね？」

「フランス側は、ミサイルの売り込みに際して、色々とこちらの無理を聞いてくれましたから。システムは一〇〇パーセント稼働状態にあります。大口径砲と合わせれば、二〇〇発程度のミサイルは防げます。マレーシアが敵なら、十分対抗できます。台湾が相手でも、互角の勝負が出来ますよ」

「当分、出番がないことを望みたいな」

「空軍はどの程度、当てにしていいんですか？」

「制空権を維持するのは無理だろうが、水平線辺りまでの防空は任せていいだろう。一発の爆弾もミサイルも命中させちゃならん。一発でも弾薬庫を直撃すれば、島ごと吹っ飛ぶ」

「弾薬庫でなくたって、ミサイルや砲弾は野積みですからね。少なくとも、八か所野積みになってます」

　高さほんの二メートルしかない管制塔からですら、その内の四か所を確認できた。カムフラージュ・ネットを被《かぶ》ってはいたが、敵にはいい目標になるだろう。

「爆発力の大部分は上方へ抜けるよう作ってありますが、いったん上へ飛んで、落ちてくる砲弾までは防ぎようがない」

「塹壕《ざんごう》が守ってくれることを祈ろう。あれだけでも、だいぶ効果はあるはずだ」

　海面下からのコマンドの奇襲に備えて、島は防潜網で囲まれ、沖合には魚雷を装備した二隻のパトロール・ボートが遊弋《ゆうよく》していた。

　滑走路をまたいだ反対側に設置されたクロタル地対空ミサイルに掛けられたカバーを、兵士が慌てて外し始めた。

「なんだ？　敵か？」

「クロタルのレーダーの方が性能は上ですからね」

　李中佐は、腰のウォーキー・トーキーを取って、そのミサイル・サイトを呼び出した。

「こちら、李伯《リーボー》、北海1号、報告せよ！」

「こちら北海1号――。捜索レーダーが、六個の目標を捉えました。六〇キロほど北西です。恐らく友軍だとは思いますが、まだＩＦＦ（敵味方識別装置）の有効圏外です」

「よろしい。そのまま警戒せよ」

「海南島からの第一便が、到着してもいい頃ではあるな」

「そうですね。滑走路を掃除させましょう」

「うん、頼む。タイヤをパンクさせられちゃ、元も子もないからな」

張大佐は、そのまま床に座り込んで胡座《あぐら》をかいた。もし戦闘機が来てくれれば、少なくとも空爆への抑止力にはなる。問題は、軍艦が押し寄せてきた時に、たかだか四、五〇発のイーグル・ストライクがどれほどの効果を持つかだ。三日、いやせめて二日は持ちこたえねばならない……。


中国における香港《ホンコン》、厦門《アモイ》は、まだ暗闇《くらやみ》の中にあった。海峡を挟んだ金門島はすぐ目と鼻の先にあるが、その海峡を巡って熾烈《しれつ》な宣伝合戦が繰り広げられていたことは、今では台湾中国双方にとって、単なる歴史でしかなかった。

胡邦国前上海市党書記は、空港から公安警察のオートバイに先導され、厦門の市内に入った。空港に着いた頃は、まだ夜だった。

ある高層ビルの中へと入り、エレベーターへと直行した。なんとそのエレベーターには四〇階まで番号が振ってあった。

胡は、一〇階から上が建設予定フロアでなければ良いがと思った。幸い、エレベーターは三九階のプライベート・フロアまでノンストップで昇ってくれた。エレベーターが止まると、高価なペルシャ絨毯《じゅうたん》が敷かれた廊下が現れた。大理石の彫刻が飾られた部屋の入り口には、胡と似た、小柄な男が待ちかまえていた。

胡は、足元を指し示しながら、「この面積なら五万ドルと見たが……」と相手に呟《つぶや》いた。

「もうちょっとだな。確か七万ドルしたと思う。イランからの直輸入なので安く付いた」

「何をバーターにした。原爆の技術か？」

「私は兵器ビジネスはやらん」

「嘘《うそ》をいえ。貴様は、形あるものなら、流木さえ法外な値を付けて売りつけるだろうに」

「それはいいアイディアだ。今度日本人相手の商売として考えておこう」

二人の男は、それから抱き合い、しばらく潤《うる》んだ瞳《ひとみ》で互いを見つめ合った。

「……なんだ？　そのゴルフ焼けは？」

「他にやることが無かったんだ。白髪が増えたじゃないか？」

「貴様と違って、こっちは色々と気苦労が多くてな。さてと、積もる話もあるが……」

男は胡をプレジデントのプレートが掛かる部屋に招き入れた。秘書室に人影は無く、そのフロアにいるのは二人切りだった。

二人は、窓際に置かれたソファに掛けた。

「同志朱化民《チユーホワミン》、元気そうで何よりだ！」

「何をもって同志と呼ぶ？」

朱化民は、好奇の眼差しをもって、まるで穴が開くほどに胡を見つめ返した。

「もちろん、我々は昔と変わらぬビジネスマンだ」

「ではなぜ君は消えた？」

「世間には成功を妬《ねた》む連中がいる。それは台湾でも同じ事だろう？」

「ああ、まったくな。君は完全に復権したのか？」

「君の協力さえ得られれば、完全な地位を回復できるだろう。中国人民の未来のために、何としても私は復権せねばならない」

「君のような実務に明るい人間がいてくれないと、我々のビジネスもうまくいかん。私は何をすればいい」

「タイペイの連中に影響力を行使してくれ。我々は、重慶砦と呼ばれる要塞を築きつつある――」

「ああ、それは新聞で読んだよ。タイペイの連中は、あまり快くは思っていないようだ。彼らが、北京の要求を受け入れられるような条件が必要だ」

「メモ用紙をくれ」

朱は、デスクの上からメモ用紙とペンを取った。胡は、それに細かな数字を書き込み、最後に自分のサインを入れた。

「我が国の最高国家機密だ。といっても、実際に計算したのは私で、まだご老人以外、誰もこの深刻な数字を知らない」

朱はその数字を覗《のぞ》き込み、表情を曇《くも》らせた。

「……本当なのか？　我々の予測より、一年以上も早い……」

「来年には、原油生産量より消費量が上回る。沿岸部の開発見通しは、三か月ごとに行っているが、常に上方修正を迫られる有り様でね、この数字とて、半年先にはどうなるか解らん」

「どうやってしのぐんだ？　こんな膨大な数字……」

「当面は、怪しげな国々からの等価交換に頼る。何しろドルがないんでね。イラン、イラクとは武器でやり取りする。クウェートとリビアとは、当該国が当事者となった懸案《けんあん》に関し、国連の舞台で味方に付くという条件で無償援助してもらうことで現在交渉中だ。だが、いずれにせよ大っぴらには出来ない。となれば、必然的に輸入量も限られる。八方塞がりだよ。その後は、軍の消費量を減らし、内陸部の消費量を減らし、北京の消費量を減らし、最後は、沿岸部での発電量の削減等まで行かねばならない」

「そんなのは焼け石に水だ！　この厦門だけですら、中国軍の年間石油消費量を一週間で使いきっているはずだ」

「たぶんな。解決する方法は三つしかない。第一、沿岸部の開発にブレーキを掛ける。第二、台湾から原油供給の援助を受ける。第三、南沙諸島の原油埋蔵地帯を早急に開発する」

　朱は即座に反論した。

「第一、今沿岸部の開発を停止したら、大陸経済は崩壊する。それは即座に共産党政権の崩壊へと直結するだろう。第二、我々とて原油輸入国だ。大陸へ援助してまで沿岸部の安価な労働力供給に頼らねばならない必然性はない。第三に、申し訳ないが、大陸が今持っているあらゆる調査技術、掘削技術をもってしても、南沙諸島の埋蔵原油を今後十年以内に採算ベースに乗せることは出来ない」

「その三点に、私は完全に同意する。さて、こちらからも反論しよう。台湾経済は、現在かなりの部分を大陸沿岸部への投資に頼っている。君たちは手を汚さず汗もかくことなく、設計図を引き、原料をただ沿岸部に送り届けるだけで、ビジネスを成功させている――」

「皮肉に聴こえるじゃないか？　それが我々が神として戴《いただ》く資本主義の極意だ」

「まあ、聞いてくれ。今、沿岸部の開発が停滞すれば、台湾経済にブレーキが掛けられ、いろんなマイナス面でのドライブが作用し始めるだろう。その具体的な数字に関しては、私は敢《あ》えて指摘しない。君の計算の方がたぶん正確だろうからな。第二点、台湾がこちらに余剰原油を迂回《うかい》供給できる余力がないことも解っている。そして第三点にも同意する。我々に南沙諸島の資源を独力で開発できる技術はない。だが、台湾が窓口となれば話は別だ。北京政府は、領有権問題を棚上げし、鉱区開発権を台湾主導の企業に譲る考えがある。もちろん、実際に油が出た場合は、台湾と折半ということになる。二十年も経てば、台湾は原油輸出国になっているし、たぶんその頃には両国の経済格差も縮まり、まあ、大きな声じゃ言えんが、共産主義なんて消え失せているさ」

「そして両国の合併もスムーズに行くか……」

「台湾が中国の正統政府を主張しなければ、別に分離したままで一向に構わない。私は、その可能性の方が高いと思うがね。ネーションなどという古びた概念が、来世紀まで生き延びるとは思えないからな」

　朱はしばらく視線をずらして考え込んだ。

　共同開発という提案が出てくるのは予想外だった。そこまで大陸が柔軟な考えを持っているということは、よほど原油購入がタイトな状況にあるに違いない……。

「もし、タイペイの連中が、それなら北京の首を絞めて、共産主義を崩壊させるべきだと判断したらどうなる？」

「数百万隻のフネ、軍艦から漁船に至るまで――。数千万の人間が、海峡を越えて台湾へ押し寄せることになるだろう。戦争ではなく、豊かさを求めてな」

大陸側は、以前、その脅しを実際に行使したことがあった。一千隻を超える漁船に難民を詰め込み、台湾へ新手の脅しを掛けたことがあった。

「君は何を望むんだ？」

「南沙諸島における広範、且つ限定的な軍事援助だ」

「随分、ムシがいいじゃないか？」

「居座られたくないからな」

「ご老人はともかく、北京の連中は同意するかな？」

「無論、同意させる。他に代案があれば、私が飛びついているさ」

「いいだろう。今朝の一番でタイペイへ帰って政府をつつく――」

朱は膝を叩きながら立ち上がり、デスクの脇にある電動スイッチを押した。部屋の三面、東南西の窓を覆っていたブラインドがゆっくりと上がり始めた。朝日が、東の窓から真っ直ぐに差し込んで来る。

胡は、そのパノラマの視界に息を呑み、一瞬よろけるように立ち上がった。一歩一歩踏み出しながら、「なんと、まあ!?……」と、声にならない声で感嘆の意を示した。

「見たまえ同志！　この景色を作ったのは、他でもない君だ。しかも、この街はまだ膨張を続けている」

視界に入るだけでも、まだ一〇基以上の高層ビルが建設途上にあった。陽光がビルのガラスに反射を繰り返し、神々しい気配をビルの谷間に与えていた。

「このうねりを止めちゃならん……。我々は中国人民に、豊かさを享受させるため、今日まで休まず働いて来たのだ」

この動きを止めてはならない……。ようやくここまで辿《たど》り着いたのだ。何としても守り抜かねば……。二人の資本主義者は固く抱き合い、互いの願いがひとつであることを確認した。

斗南無は、イージス護衛艦『こんごう』（七二〇〇トン）のＣＩＣ（戦闘情報センター）ルームにいた。

『こんごう』は、フルスペックのイージス巡洋艦タイコンデロガ級より一回り安価で小さいアーレイ・バーク級をモデルにしており、そのイージス・システムがそっくり導入されていた。アーレイ・バークと違う点は、ＣＩＣルームの中核をなす表示パネルが、タイコンデロガと同じく四面のフル・スクリーンを採用していることで、それは海上自衛隊が、イージス艦に指揮統制任務を付与しているためだった。

「大きな声じゃ言えんが、海自のイージス艦には致命的な欠陥がある。それも設計上の欠陥でな……」

甘木三佐は、入り口近くに立ちながら、小声で喋《しゃべ》った。

「ＲＣＳがやたらにでかいんだ」

「何だったっけ、ＲＣＳって？」

「レーダー・クロス・セクション。要するに、敵のレーダーに映る割合だ。アーレイ・バーグを見習って艦橋構造物に傾斜を持たせたまでは良かったんだ。まあ、ブリッジが一段高くなったのもやむをえない。ところが、致命的な手抜きをやっちまった。マストが、モノ・ポール構造のアーレイ・バークと違って格子状のラティス構造なんだ。ほとんどコーナー・レフレクターを掲《かか》げて航行しているようなもんだ。今、後続艦の設計変更をするかどうかで検討中だ」

「だが、やらんのだろう？」

「そりゃあ、お前。設計変更や改造なんぞやってみろ。策定した連中の見積もりが甘かったって責任問題になる。いいんだよ、実戦に出ることはないんだから。それに、これより性能のいいフネを持っているのはアメリカだけで、あちらさんと戦争になるのは、まあ、俺たちが現役を退いてからになる」

「誰の責任問題だって？……」

　背後に、艦長の境輝昌一佐が立っていた。最新鋭艦の指揮を執《と》らされるだけあって、人望家のようだった。常に笑みをたたえ、ユーモアを欠かさない男で、斗南無の過去に言及しなかった唯一の幹部乗組員だった。

「いえいえ、このイージス・システムの優秀性を説明していたんです」

「そんなことより、隊員の優秀さを説明して欲しいもんだね」

「スクリーンは真っ白ですね」

「ああ、台湾を刺激したくないんでね、レーダーはいっさい使っていない。東京との連絡は傍受が困難な衛星に頼り、無線封止下にある。天気が崩れなければ夜も安全に航行できるよ。見張りが目を開いていてくれさえいればね」

「ということは、私がニューヨークと電話で話すことは出来るんですね？」

「技術的には問題はない。ほんの二秒でつながる。だが、これは国連からの要請だそうだが、直接の通信は禁じられている。要するに、全ての責任は現場で負えということだろうな」

「メナハム・メイヤって男は、現場に無線機を持たせないことで有名なんですよ。そんな余裕があれば、ビスケットの一枚もポケットに詰めていけってね」

「ああ、国連常備待機軍の創設を提唱している張本人だってね」

「ワンマンな男ですよ。もし、常備軍が結成されたらどうします？」

「我々がかね？　そいつは困ったな。私は地雷の見つけ方を知らんし、日本海軍が再び出てくるとなると、アジア諸国は快く思わんだろうな。出来るのかね？」

「ええ、避けられないでしょう。アメリカ一国に軍事的責任を押し付けるには弊害《へいがい》が大きすぎる。アメリカはアラブ人が住むイラクは叩いても、サラエボに介入して白人に銃は向けませんからね」

「カンボジアへ出向いてポル・ポトの掃討《そうとう》をやってくれなんて言われたら、自衛隊の募集業務はいよいよ崩壊する」

「ところで、このフネはミサイル類を積んでいるんですか？　私が自衛隊にいた頃は、フネはほとんど丸裸で海へ出ていたんですが……」

「うん。幸いイージス・システムのミサイル自体は、発射セルに詰められ、長期間の整備レスを実現している」

「完璧だよ。我がレディネス・フォースはいつでも闘える」

　甘木が隣からヨイショした。

「威勢のいいことで……」

「士官連中が、君の活躍を聞きたがっている。国連活動の一端について、夕食前にちょっとスピーチしてくれんかね？」

「本当ですか？　自衛隊に泥掛けて出てった俺の話を？」

「光栄なことじゃないか？　喜んでと申し上げろ」

甘木が肘《ひじ》をつついた。

「了解しました。ええと、じゃあ要点をメモしたいんで、ちょっと時間を貰いますが？」

「うん。楽しみにしている」

斗南無は、「米つきバッタはどっか行ってろ」と甘木に告げると、熊谷一尉に、レポート用紙を持って来るよう頼み、自室に引き揚げた。

メイヤめ！……。やり過ぎにもほどがある。明らかな戦争行為にも拘わらず、堂々と、一国の軍隊を主駒として利用しようなんて。

斗南無は、机の上で、熊谷麻里一尉が差し出したレポート用紙に、ただ一行だけメナハム・メイヤ宛《あて》の文章を書き殴った。

「すまないが、ドアを閉めてくれんか？」

女性士官殿は、ドアを開けたまま斗南無がペンを走らせるのを見守っていた。

「一応規則なんです。あれこれあっちゃいけないからと、女性乗組員は、一対一で男性乗組員と個室に入ってはいけないことになっています」

「僕は自衛官ではない。よってその杓子定規な規則には抵触しない。外でつったっているか、ドアを閉めるかどうかしなさい」

熊谷は、やむなく後ろ手にドアを閉めた。

「確かこのフネの通信科員に、ひとり女性がいたね？」

「はい。私と二人部屋を与えられています」

「外務省の東堂さん宛に、この電文を打ってくれ」

「はあ……、でも……」

「電話を遣《よこ》せってそれだけだ。別に怪しい文章じゃない。それから、君に二、三聞きたいことがある。このフネが、ありったけの燃料と弾薬を積むよう命ぜられたのはいつのことだ？」

「と言いますと？」

「つまり、艦隊のスケジュールが変更になったのはいつのことかという意味だ」

「ええと……。確か一週間ほど前のことだと思いますが」

「そうすると、艦隊は大急ぎで出港準備を整えたわけだ？」

「それ、言っちゃいけないことなんですけど、どうして解ります？……」

熊谷一尉は、カリカリする斗南無に、窺《うかが》うような調子《じ》で尋ねた。

「僕は素人じゃない。国連じゃ、スパイ染みたこともやらされている。使い捨てだがね。しかも、昔は海自にもいた。かれこれ四年間。この『こんごう』や、後続艦の喫水の深さは戦闘時のものだ。機関科の人間にそれとなく、バラスト用の水を入れているのかと尋ねたら、中身は油だと返って来た。砲弾と燃料を満載しているせいで、喫水が下がっている。君は理由を知らされたか？」

「答えなきゃいけませんか？」

「知っているのであれば答えたまえ。八八艦隊の四〇〇〇名の乗員の命が懸かっている」

「中国海軍との戦闘を考慮するというのは小耳にはさみましたけど……」

彼女は、言ってはならないことを言わされたせいで、真っ赤になっていた。

「やれやれ、日本政府は、そうまでして常任理事国の椅子が欲しいのかね……」

「どうすればいいんですか？」

「成りゆきに任せるさ。ところで、艦隊は余計なものは積まなかっただろうね？　バズーカとか、大口径の機関砲とか……」

「積んであります。それもなぜか、陸自の装備品ではなく、米軍装備のロケット弾や、迫撃砲まで。誰が使うのか解りませんが……」

「なんてこったい。そいつはたぶん僕用だ。僕がいざという時カミカゼ・アタックをするためのものだ」

「あの……、斗南無さんて一体どういう人なんですか？　艦内じゃ、あんまり良く言う人はいないのに、国連ではお若いのに実力者みたいだし……」

「まず後者について説明しよう。僕が実力者なのではなく、僕のボスのメナハム・メイヤという男が実力者なんだ。お若いのにというのは、この歳まで生き延びるのが希《まれ》だから、僕みたいな若いもんにおはちが回ってくる。僕の同僚は、だいたい、地雷で吹っ飛ぶか、現地で行方不明になる。あるいはニューヨークでヤッピーに変身するかのいずれかだ。それが同僚のパターンだからね。前者については、別に隠すつもりはないから話してやろう。うちの親父は酒飲みでね、家庭はあってないようなものだった。僕は、家を出られるというだけの理由で、少年自衛官として一〇倍の倍率をくぐって一術校の生徒部に入隊した。必死だったよ。何しろ金がないし、帰るべき家もないから、追い出されんよう、だいたいのことは我慢した。幸い、成績が良かったのか、内務班長にもなった。予科練の後身、あの山本五十六が出た学校だ。だが卒業目前になって、四年間の海軍伝統の内務班による、くる日もくる日もイジメや集団リンチに心底嫌気がさした。あのくだらんリンチで、多くの有為な若者が自衛隊に恨みを抱いて辞めていった。卒業式当日、辞表を書くと同時に、新幹線に飛び乗って、東京の週刊誌の編集部を訪ねて、一部始終を暴露してやった。そしてアメリカに渡った。その時の騒動で、一〇人単位の幹部自衛官が出世を棒に振り、たぶん海上自衛隊の募集難に拍車を掛けた。上の連中が僕に恨みを抱いているのはそのせいさ。親の仇《かたき》みたいなものだからな。聞くところでは、生徒部でのリンチは未だに続いているそうだが」

「駄目ですよ……。それは隊内でもアンタッチャブルな問題なんですから、時々思い出したようにマスコミを賑《にぎ》わせて、その度に幹部が始末書書かされるんですから。そんなことより、斗南無さんて、ランボーみたいな真似もなさるんですか？」

「ああ、米軍と旧ソヴィエトのスモール・アームスならだいたい扱《あつか》う。扱わざるを得ない状況に陥ることがしばしばあるのでね。もちろん、交戦を前提に現場へ出たことはないが。国連職員が戦闘行為に加担したことがあるというのは、国連にとってアンタッチャブルなテーマだ。黙っててくれよ」

「ご家族は心配なさらないんですか？」

　斗南無は熊谷をじっと見つめ返して微笑《ほほえ》んだ。

「家族と呼べるような者はいない。おふくろは五年前死んだし、親父とは一生会うつもりはない。エーゲ海の小島の部屋に、自殺志願の日本人ＯＬが居候《いそうろう》しているが、ま、じきに出ていくさ」

　斗南無は、ほんのひと呼吸躊躇《ためら》ってから続けた。

「……一度だけ結婚を考えたことがあったが、縁が無かった。そういう君は？」

「ああ、あたし。なんか要領が悪いっていうか、おっちょこちょいなものですから。それに、主婦生活って単調な気がして……」

「そんなことはないさ。第一、自衛隊は共稼ぎに何の障害もない」

「そうじゃなくて、もっとエキサイティングな人生がどこかにあるような気がするんです」

「じゃあ、国連に入ってサラエボやソマリアへ行けばいい。毎日がホワッツ・ニュー！の世界だぜ。さて原稿を書かなきゃな」

「三〇分経ったら、お茶持って来ますね」

熊谷一尉は、「至急、電話を遣せ！」と書き殴られたメモを摑《つか》んで部屋を辞した。

こんなノーマルな会話を交わしたのは久しぶりだ。いかにも日本人的な会話だったなと斗南無は思った。

それから、レポート用紙に向き直り、この無垢《むく》なる水兵諸君が操るピカピカの艦隊を迎え撃つであろう、ランディ・マクニールⅡ世に関して、メモを認《したた》め始めた。

胡邦国は、中央警備団が差し向けた専用車で長安街を、天安門広場を走り、中南海へと入った。中海に近い中央本部ビルに着くと、中央警備団の葉世友《イエシーヨウ》団長がフロアで待ちかまえていた。

胡が最後に中南海を後にした夜も、葉が北京駅まで送ってくれた。

二人は、無言のまま握手を交わした。胡にとっては、いささか驚きだった。葉が、九二年の大虐殺を生き延びたとは思っていなかったからだ。

二人は、急ぎ足で常務委員会議室へと向かった。

「驚いたな、大佐。てっきり君も虐殺組かと思っていたのに」

「ご老人の覚えが良かったんですかね。自分には、何の閨閥《けいばつ》もありませんから。欲のない男と見られたからでしょう」

「でなきゃ、このポストには就《つ》けないもんな。ところで、私は昨日電話を貰っただけなんだが、ご老体はお元気かね？」

「未だに水泳をなさいますよ。さすがに、この頃は中南海にはお顔をお見せになられませんが。ご老体が顔を見せると、何もかもあの方の決裁になって、誰も責任を負おうとしませんからね」

「ああ、まったくだ。ここに巣くう連中は、他人のあら探しに熱心なだけで……」

胡はそこで言葉を呑み込んだ。かつて彼の宿敵だった連中の秘書が一人、廊下の反対から歩いてきたのだ。相手は、胡と視線が合うなり、口をポカンと開けて歩を止めた。

「驚かんでいい、同志。口うるさい資本主義の手先が帰って来ただけのことだ。別に誰かの首を切りに来たわけではない」

常務委員会議室は、胡に失脚を迫った頃と、テーブル・クロスの皺《しわ》に至るまで、昔のままだった。

進歩のない連中だ……。と、胡は胸の内で吐き捨てた。

総書記の呉景香《ウーチンシアン》が上座に座り、その右手に首相の魯真古《ルーチエンクー》、それに続いて保守派、改革派が向き合うように座っていた。合計七名……。

胡には、冷えた末席が待っていた。

「ご機嫌よう、同志の皆さん。お招きいただき光栄です」

司会役を務めるらしい魯首相が咳払《せきばら》いして口を開いた。

「率直に言えば、胡同志。偉大なる鄧同志が、君を復権させるよう命じた真意を、我々は要するに責任を負うべき人間が必要だったからだと解釈している」

胡は、椅子に軽く腰を下ろしたまま、彼が実力者たちに嫌われる最大の原因となった、顎《あご》をキッと突き出す仕草を示した。

「結構ですな。私は、別にこんな空気の悪い街にオフィスを欲しいとは思わない。この二年間、ひがな一日読書で過ごしました。貴方がたに出来ることと言えば、私から本を取り上げることぐらいです」

「自重せんか、胡……。ご老体がチャンスを与えて下さったのだ。ようやっとここまで復権できたんだぞ。我々の寛容さに少しは敬意を示せ」

常務委員の中で、唯一胡の理解者であった総書記の呉が、相変わらずだなという表情で窘《たしな》めた。

「まったく、口の減らん奴だ」

「経済企画院の原油需給見通しの秘密報告を読む機会がありましたが、まったく甘いですな。北京大学の学生ですら、もっとまともな数字を出しますよ」

「あれは、見通しじゃなく、希望を示した報告書です」

胡と同じ精華大学出身の官僚テクノクラート出身の小良臣《シヤオリアンチエン》が反論した。数字には明るいが、胡とは正反対の計画経済派の重鎮だった。

「では聞くが、何のための報告書です？　実態経済からかけ離れているのであれば、意味がないではないか？　その希望が叶わなかった時に、この椅子に別な人間が座るのはたやすい。だが、解っているのですか？　国防計画がストップし、経済成長はたちまちマイナスへと落ち込み、たちまち反革命運動が北京を取り巻くでしょう。貴方がたが恐れる和平演変《わへいえんぺん》を招く。走り始めた車を止めるのは難しい、我々が今乗っているのは、もう自転車ではないのですよ……」

「君のような赤い資本主義者から――」

「いいえ、私は生粋の資本主義者です！」

「そのくらいにしておけ。台湾とは何を交渉したのか聞こうじゃないか？」

「南沙諸島の資源の共同開発です」

胡は、あっさりと言ってのけた。一瞬、部屋が凍りついた後、呉総書記が頭を抱えて「なんてことを……」と呻《うめ》いた。

「この危機は、そもそも台湾が仕掛けたんだぞ」

保守派の一人が言った。

「潜水艦攻撃を受けたからといって、台湾を犯人扱いするには無理があります。台湾が犯人だと言いふらして回るようなものじゃありませんか。だから、本件に関しては台湾は無実です。いかなる政治的必然性もない」

「それはよしとするが、そんな重大なことを、君は我々に相談もなしに、敵国と結んだのかね⁉」

「私はこの問題に、全権を与えられております。皆さん、我が国は、来年にはもう原油輸入国に転落する。南沙諸島の石油はなんとしても必要です」

「我々はすでに、アメリカの複数の企業と鉱区開発の契約を結んでいる。よりによって台湾と資源を共有する必要性などどこにあるというんだ⁉」

「アメリカの企業との共同開発は結構。しかし、その原資を企業に押し付けるだけでは、リスク負担に限界が出てくる。少なくとも、南沙諸島に関与する各国中で、最大の空軍力海軍力、そして経済力を持つ台湾を取り込めば、南沙諸島の占有計画もスムーズに行く。それとも同志諸氏は、シンガポールと組むことを望みますか？　マレー必ず域内のシアやブルネイと。彼らは、軍事力という点においては、五十歩百歩で、反感を買う。開発どころじゃない。台湾以外にないじゃないですか？」

「もし、将来、台湾が南沙諸島の領有を主張し始めたらどうするんだ？」

「それは有り得ないというのが、私の考えだが、その時は、我々が台湾に領有を主張するまでです。しかし、我々が当面考えねばならないのは、来世紀、台湾が南沙諸島の領有を主張するかどうかではなく、三年、五年後、たぶん皆さんがこの椅子に座っているかどうかでしょう」

「遺憾ながら、それは何事にも優先する問題だ。我々の椅子が重要という意味ではなく、経済成長を継続させるために、政治的混乱は極力避けねばならんからな」

軍の権益を代表する倶直陣《チウチーチエン》将軍がおもむろに発言した。

「ただでさえ、軍は燃料不足で満足に訓練も出来ん状況にある。これ以上の節約をということになっても、私は軍部を抑え込む自信はない」

「では皆さん、異存はございませんな。私は、別に常務委員に復帰するつもりは毛頭ございません。この危機が収まったら、再び晴耕雨読の毎日に帰らせてもらいます」

「よろしい。全ては、胡同志に任せる。胡同志の復権は、次の全人代まで保留とする。ただし常務委員会の決定として、政治局員に格上げする。先日、欠員が出来たばかりだからな」

会議がお開きになると、呉総書記と、倶将軍だけがそのまま残った。

「まったく……。君という男は変わらんな」

「総書記。申し訳ありませんが、改革のスピードは急ピッチです。我々は明らかにアクセルを踏みすぎた。困ったことに、その車にはまともなブレーキが付いていないとくる。体裁を繕《つくろ》っている暇はないのですよ」

「実は、つい今朝方に報告を受け、私が箝口令《かんこうれい》を敷いた情報が一件あってな」

呉総書記は、説明するよう倶将軍に求めた。

「日本が動いている。日本海軍がな」

「そんな？……」

胡は、この危機が始まって以来、初めて自分が動揺しているのが解った。

「間違いないんですか？」

「ああ。八八艦隊とか呼ぶそうだが、昔の連合艦隊だな。半分の戦力が、そっくり消え失せた。一切の無線も、レーダー電波も探知されていない。探りを入れたところでは、空軍も、警戒レベルが上がっている」

「何処から出た情報ですか？」

「アメリカ。もっと具体的に言えば、国連筋からだ。こちらの国連大使が、国連の事務次長クラスの人間から耳打ちされたそうだ。アメリカの代わりに、日本軍が出てくるから、あまり騒ぎ立てるなとな」

「おかしいじゃないですか？　あの国の政策決定の鈍重さと来たら、共産主義並みなんですよ」

「だから妙なんだ。こうは考えられないか？　日本海軍は潜水艦を保有している。その日本が仕掛けたとは……」

「動機は何です？　我々と事を構える動機は」

「彼らは、我々以上に石油を必要としているし、戦前から石油で苦労して来た。再び石油を求めて南下し始めたとは考えられないかね？　中国が出て来た場合、ASEAN諸国の軍事力だけでは心もとない。そこで我々の拡張主義に対抗するため、ASEANが、過去の怨讐《おんしゅう》を捨てて日本に救援を求めるとする。結果、我々の南沙諸島での権益は失われ、ASEANは手にいれた鉱区を日本と折半する……」

あまりに整合性を帯びたストーリーなので、胡は反論すべき台詞《せりふ》を見いだせなかった。

「まぁ……、その……、有り得ない話ではないですね。台湾はその情報を摑んでいると思いますか？」

「いや、電波傍受、スパイの報告。いずれの報告も、台湾は日本軍の動きにまったく関心を寄せてないと分析している」

「もし日本が、全ての原因だとしたら……」

「そうとしか考えられない。呉克泰中将座乗機の撃墜も、日本が犯人なら納得がいく。あの国なら、どんな秘密兵器を開発しているか解ったもんじゃないからな」

「だとしてですよ。我々は対抗できますか？」

倶将軍は、即座に首を振った。

「アメリカやロシアほどではないにせよ、日本は今やアジア最大の軍事大国だ。我々に勝ち目はないよ」

「では台湾には？」

「台湾には空軍力がある。もし、日本に台湾の空軍基地を爆撃する意図が無ければ、台湾軍は有利に闘えるだろう。結局のところ、近代戦は、航空優勢を確保した側が勝利するからな」

「台湾に、日本と事を構える勇気があればね」

「我々と闘って同胞同士で血を流すよりはましだ。それに、日本が本当に目覚めてしまったのであれば、彼らが肥大化しないうちに、危険な芽を摘み取っておかねばならない。連中は、刃物を持たせるには、いささか情緒不安定な隣人だからな」

胡は、やっかいな隣人の出現に、途方にくれそうな気分だった。

「……その件に関して、しばらく検討し、対抗措置を考えられるだけの時間を下さい」

胡はよろめくように立ち上がった。

「私の執務室と同じ階に部屋を用意させた。胡同志、ことはあまりにも重大だ。日本が政治的に目覚めて、貿易や経済協力面での嫌がらせを始めれば、我々の政権など一年と持ちはしない。石油どころの話ではなくなる。連中に、アジアの政治的リーダーの座を預けるぐらいなら、国連から脱退して国を閉ざした方がマシだ。少なくとも、そう考える中国人は五万といるのだからな」

胡はがっくりと肩を落とした。自分が北京を離れている間に変わったことがあるとしたら、それは確かに日本の政治的野心だろう。連中は、国連での常任安保理の椅子を欲しがるようになり、それへの足がかりとして、アジアの盟主としての自我に目覚めようとしている。

胡は、結局、大方の中国人がそうであるように、生理的嫌悪感から、日本の役割がアジアにおいて拡大することを歓迎できなかった。

歴史的な復讐を果たしたいなどとはさらさら思わなかったが、今後も中国が大国であり続けるためには、日本の増長は抑えねばならない。すでにあれだけ恵まれている国が、この上、再びアジアの尊敬と信頼を受けるようなことにでもなれば、その次に日本が踏み出すステップは解りきっていた。

八紘一宇《はっこういちう》という、埃《ほこり》を被《かぶ》った言葉が、胡の脳裏に蘇《よみがえ》って来た。

ガンジスⅡ

『こんごう』の図書室にあった、ジェーンのディフェンス・ウィークリーからコピーしたマクニールのモノクロ写真は、恐らく最も彼の性格を良く表していると斗南無には思えた。

　モザンビークか何処《どこ》かのサバンナ地帯での写真だった。普通なら、アサルト・ライフルを構えて葉巻の一本もくわえている写真を用意しそうなものだが、その写真のマクニールは、ブッシュに這《は》いつくばり、倒れた兵士のボディを盾に、砂を噛《か》むような険《けわ》しい表情で、右手にミクロ・ウージーを構えていた。決していさましい写真ではなく、むしろ途方に暮れている表情の写真だったが、少なくとも実戦経験の持ち主であることはそれで解った。

　きっと奴は、この写真を記者にプレゼントする時に、その時の手柄話でもしてやったに違いない。

「皆さん。戦争は、くだらん奴らのビジネスです……」

　斗南無は、ブリーフィング・ルームで、護衛艦隊司令部と、『こんごう』の指揮官たちを前にして、いきなりそう切り出した。

「この写真のランディ・マクニールⅡ世は、そのくだらん奴らの最右翼にいる男です。彼の父親が経営するマクニール・グループの本社はベルギーにあります。父親はイギリス人、母親はフランス人。アメリカで産まれたため、本人はアメリカ国籍を持っています。マサチューセッツ工科大学とソルボンヌ大学で学歴を身につけましたが、彼の経歴、思想を形づくったのは、砂漠であり、ゲリラのテントであり、もちろん武器でした」

斗南無と似ている部分も多少はあった。学校ではなく、戦場が人格を形成したという点において、二人は一緒だった。もっとも、斗南無の思想の根底にあるのは難民キャンプであり、マクニールの思想の根底にあるのは、砂漠におけるわくわくするような銃撃戦だった。

「機関銃のように無慈悲で、ミサイルのように精確で、潜水艦のように密《ひそ》かに動き、スピードは偵察機並み、パワーはまるで核兵器のように強力……。というのが、彼に与えられた人物評です。単なる戦争バカではありません。死の商人という言葉を使うには、あまりに狡猾《こうかつ》な男です。むしろ戦略家と呼ぶべきです」

斗南無が、初めてマクニールの名前を耳にしたのは、物見遊山で出かけたエチオピアの難民キャンプでだった。その頃マクニールは、対立する部族間を渡り歩いて、朝方右の部族にM―16を売った帰り、昼間に部族間の小競《こぜ》り合いを演出し、夕方には、左の部族にカラシニコフを売り歩いていた。

車両整備のボランティアとして村々を渡り歩くたびに、マクニールは常に一歩先を歩いていた。そして次の村を、新たな難民キャンプの候補地にしていた。最初は呆《あき》れたが、その内、尊敬するようになった。何しろ、マクニールは難民キャンプのボランティア医師相手に、クレジット・カードで医薬品まで売りさばいていたのだから。

「マクニールの悪どさは、日本の商社も遥《はる》かに及びません。武器を売り、戦争を起こし、難民キャンプを作り、医薬品まで売ってのける。彼は当時、そこまで考えてビジネスをやっていました。効率は決してよくない。しかし、それが彼の趣味なんです」

初めてマクニールと言葉を交わしたのは、炎天下の砂漠地帯で、エンストしたマクニールのジープを、たまたま通りかかって修理してやった直後だった。

一〇〇ドル札を渡そうとするマクニールを制して、斗南無はエンジン・オイルをリクエストした。マクニールは、その翌日、現地では五〇〇ドル相当分のエンジン・オイルを難民キャンプまで届けてくれた。

丁度その時、斗南無は衰弱死した人々用の墓穴をスコップ一本で掘っている最中だった。

あの時の会話を今でも鮮明に覚えている。風に砂が舞い、二秒と目を開けていられなかった。前日キャンプの中で冷たくなっていた女三人、子供四人の遺体が地面に並べられ、砂を被《かぶ》り、蝿《はえ》の餌食《えじき》になっていた。

マクニールを目前にしても、さして憤《いきどお》りは無かった。三日もこのキャンプにいれば、たかだか一人の武器商人の存在など眼中から消え失せる。だが、皮肉の一言ぐらいは言ってやりたい気分だった。

「なあ、ミスター。自分がこの死体に、何らかの責任があると考えることはないかい？」

「そうだね……。ファースト・クラスに乗ってやって来て、首都へ帰れば熱いシャワーと冷えたビールにありつけるブン屋連中からはいつも叩かれている。君はどう思うね？」

「あいにく俺は、使命感があってここへ来たわけじゃない。夜学の准教授が、アフリカへでも行ってボランティアをやるぐらいの度胸があれば、卒業単位をくれるって言ったもんでね。悲惨だとは思うが、かわいそうという気持ちは率直なところないな。これもある種の淘汰《とうた》だと思うよ。あんたはそれにつけ込んでいるだけだと思うがね。ビジネスとしては見事だ。日本の商社も真っ青だろうね」

「お誉《ほ》めの言葉と受け取ろう。しかしそいつは重労働だな。この次は、穴掘り用のミニ・ショベル・カーを持って来るとしよう」

「ああ、ぜひそう願いたいね」

半年後、そのキャンプに舞い戻った時、死体の数も増えていたが、間違いなくマクニールが売りつけたミニ・ショベル・カーも稼働していた。

「次に我々が出逢《であ》ったのは、フィリピン。この時は私の方がポイントを稼ぎました。国連にパートタイム採用されて初めての仕事で、飢饉《ききん》のネグロス島の調査に赴《おもむ》いた時です。新人民軍《NPA》相手のビジネスがこじれて、マクニールはNPAの捕虜になっていました。父親が政府に圧力を掛け、爆撃機が大挙して押し寄せるところを、すんでのところで救出しました。助け出すのは、私の本意ではありませんでしたが、本部からの命令でしたので。幸か不幸か、彼を誘拐したグループが末端の組織だったため、米軍に二度ばかり基地の上空を飛行させただけで、ゲリラは彼を釈放しました。私が彼を迎えに行き、たった一度でしたが、マニラの安ホテルで飲み明かしました。当時、不思議と彼には憎めない部分がありました。たとえばフィリピン政府に武器を売りはするが、それ以上にNPAに肩入れしていました。チベットの反中国勢力にも。それから彼は、兵士の意志でコントロールできない兵器は決して扱いませんでした。最後に彼と話したのは、タイでプノンペン政府軍とポル・ポト派相手にビジネスしている時でしたが、地雷だけは扱わなかった。どこかで一線を画したビジネスをやる男でした。ここへ来る直前、彼が扱った兵器は、サラエボで活躍していました」

　斗南無は、タイの後、レバノンでのエピソードについて触れなかった。国連での同僚であり、恋人であったコニー・スタンレーが斗南無の腕の中で倒れたいきさつについて、話すつもりになかった。コニーの養父母夫妻に、その死を伝えにソルトレークを訪れた時にも話さなかった。

「弱い人間は、浮き草のように生きるしかないのよ……」

それが口癖の女だった。それにしては、おおよその男どもよりタフで、エネルギッシュだったが。コニーの胸に、文字通りの風穴を開けた銃弾が、マクニールが武器を提供したテロリストの銃による物だと解った瞬間、斗南無の仕事は、単なる労働から使命に変わった。マクニールのような存在は唾棄《だき》せねばならないと解った。

あの時、斗南無は、三日三晩泣き喚き、プラスチック爆弾とグレネード・ランチャーで武装し、ベルギーの本社に乗り込むつもりだった。彼がその計画を実行に移す前、メイヤがベイルートへ乗り込んで来て、斗南無をブラジルの、コミュニケーション手段から隔絶された地域に放り込んだ。

半年間、密林の中で頭を冷やし、斗南無は決意した。半ば合法的に排除の許可をいただき、半ば物理的手段をもってマクニールを抹殺《まっさつ》することを。

そのチャンスがようやく巡って来ていた。しかし、彼が頼りとする軍隊は、兵力があり、闘い方のルールは知ってはいても、残念なことに実戦の経験は無かった。

「さて、皆さん……」

斗南無は、一瞬のイリュージョンを振り払うかのように、話題を変えた。

「国連の原則は中立ですが、理想は別の次元にあります。それは言うまでもなく、国際社会の和解と平和の達成であり、その理想を実現するために、国連はしばしば原則を放棄して来ました。イラクを叩いた湾岸戦争では、国連はわざとアメリカに全権を委任しました。サラエボの問題では、逆にだいぶイスラム勢力を支援しました。カンボジアに関しては言うまでもなく、初めにポル・ポト排除ありきでした。これらを形作っているものは何か？　それはひとつには、安全保障理事国の構成にあります。主要な議題は、まずアメリカによって提起され、イギリス代表と案が練られ、フランスが加わることにより、具体的な議題としてペーパー化されます。ロシアは国連どころではないので、案件が中国代表の耳に入る時には、すでに議場は挙手を求めるだけのセレモニー会場と化しています。つまりは、白人によるキリスト教文明の至上主義です。無論、国連でも黒人を始めとする有色人種が活躍しておりますが、幸か不幸か、彼らはアメリカの、いわゆるＷＡＳＰ文化において勉学し、キャリアを積んで来た人々です。国際社会においては、そのような人々でなければ、枢要なポストに就くことは出来ません。彼らは、イスラム教を信奉しはしても、タバコも酒も飲みます。現時点で幸いな点は、歴史上、ＷＡＳＰ支配は大まかな部分でうまくいっている点です。

何しろ、我々が学ばされた世界史なるものは、白人という勝者による歴史であり、アメリカ・インディアンや、アボリジニの正史ではありません。うまくいった……。

問題はなかったとしか、彼ら白人の歴史には記述してありませんから。さて、今世紀も終幕を迎える段になり、ひとつの問題が生じております。ソヴィエトは崩壊した。イスラム勢力の隆盛は、まま抑止することに成功しています。旧東欧における混乱は、時間が解決するでしょう。第三世界で繰り広げられている貧困との闘いは、結局はその当事者の解決能力の向上を待つしかない。現在、WASPが主導する国連が最も警戒しているのは、アジアの勃興《ぼっこう》です。ASEANの知識層は、今でこそ白人社会で学んでいますが、いずれ自国の伝統文化や教育制度の枠内で、ナショナリズムや民族主義を学ぶようになるでしょう。共産党支配による、中国経済の繁栄は、誰にとってもまったく予想外でした。彼らは戸惑い、困惑し、ほんの少しですが、迷惑しています。欧米は、日本との様々な交渉で、アジア人に対する多くの経験を得ました。その最たるものは、現在アメリカに蔓延《まんえん》している、彼らと交渉し、説き伏せることは出来ても、同じ価値観を共有することは出来ないという諦《あきら》めです。もし日本が、国連で枢要なポストを要求し、米英の密室政治に口を出すようになれば、それはあからさまな反感となって噴き出すでしょう。アメリカとヨーロッパは、来世紀初頭起こり得る最悪の危機は、恐らく日本と中国が同盟し、韓国、ASEANを巻き込んで世界政治に挑戦してくる事態であろうと考えています。今回の事態に関し、日本政府にそのような認識があったか大いに疑問なところです。南沙諸島に緊張を持ち込んだのは中国ですが、解決ではなく、更なる混沌《こんとん》を醸成するのが国連の目的かも知れません。皆さんにはそれを認識していただきたいと思います」

所詮《しょせん》、メナハム・メイヤにしたところで、欧米の権益を守りたいだけに過ぎない。ユダヤ人で黒人のメイヤは、イスラエルの政策には批判的だが、極端な中国嫌いで知られていた。

南沙諸島を巡る問題が、どちらに転ぶにせよ、不快な展開になることは避けられなかった。もし中国の増長を許せば、アジアにおける中国の覇権主義を容認することになる。逆に、全アジアが中国と対立する構図を残してしまえば、それはアジアの勃興を歓迎しない、欧米諸国の思う壺《つぼ》だった。それとは別に、日本の安保理入りという別のまたやっかいな問題も残されており、少なくとも日本は今、欧米側に付いていた。

斗南無は、コニーの体内から回収された鉛でコーティングしたチタン製のネーム・タグを服の上からそっと握り締めた。神にも縋《すが》りたい気分だった。

誰か、ことの重大さに気付いていてくれれば良いがと願わずにはいられなかった。

重慶砦は、猛烈なスコールの中にあった。特攻隊長の李中佐は、兵を塹壕《ざんごう》から出させていったん兵舎へと連れ戻させた。たとえ南国といえども、雨に濡《ぬ》れることは著しく兵士の体力を損耗するのだ。

李中佐は、一個小隊を率いて北のトーチカにこもっていた。厚さ四メートルの鉄筋入りコンクリートで守られたテニス・コート程度の広さを持つ部屋は、満潮時には海面スレスレになる。台風シーズンには、波が護岸を乗り越えて、部屋の水をくみ出すのに三日も掛かった。外面上のでっぱりはまったくなく、上空からみても、ただ雑草が見えるだけだった。換気扇の出窓が二か所、その雑草の中に隠されていた。湾岸戦争からの教訓として、最大の弱点たる換気扇にも、ダクトの中に爆風避けの逃がし通路を設けるなど工夫してあった。

ただし、クーラーなどないので、換気と電力は、自転車をバラしての人力モーターに頼っていた。

外周への視界は、高さ三〇センチ、横幅五メートルの監視窓と、一〇六ミリ無反動砲が三門、二〇ミリ機関砲が二門で、同じ作りの監視ポストが全島に四か所設けられていた。

それらは、李がキャット・ウォークと名付けた深さ二メートルの塹壕で結ばれていた。米軍の空母の甲板を取り囲むように設けられた兵士たちの移動用通路がキャット・ウォークと俗称されていることから、李がそう名付けた。重慶砦のそれも、基地を一周できるように造られており、全長は一〇〇〇〇メートルにも達した。

もっとも、基地の反対側に抜けるのに、半周する必要はなく、滑走路の下にある物資庫や装備区画を通り抜ければ良かった。

要塞《ようさい》とは呼んでいたが、重慶砦は空母に近かった。それも不沈空母に……。

李中佐は、サマーベッドから起きあがると、横一線に開いた昔風の監視窓から外を見た。じっとしているだけで汗が噴き出てくる。スコールのせいで、視界は二〇メートルもなく、沖合を遊弋《ゆうよく》しているはずの哨戒艇《しょうかいてい》の舷灯《げんとう》すら確認できなかった。

「せめてこの雨が二日間降り続いてくれれば、我々にも勝ち目はある……」

「太陽が沈めば、じきに止みますよ」

副官の馬思儀《マーシーイー》中尉がキャメルを差し出しながら答えた。

「我々に必要なのは、古ぼけた軍艦じゃなく、CNNのカメラ・クルーだと思わんか。世界が、これからここで起こることを目の当たりにすれば、戦争だって早々と片づく」

「それで、我々はこの砦を守りきれますか?」

「私は根っからの軍人だが、兵法では、武力に頼るのは、あくまでも最後の手段だよ。外交で解決できれば、それにこしたことはない。血も、お金も失わずにすむじゃないか」

一瞬、さっと斜《なな》めに夕陽が差し込んで来た。これがスコールの特徴だ。この世も終わりかと思わせるほど降り続いたかと思うと、瞬《また》きした次の瞬間には、太陽が顔を見せている。

「生き残れますかね。我々は……」

「敵は難儀はするだろうが、最後には兵力がものをいうだろう。ここを兵糧《ひょうろう》攻《ぜ》めにしたっていいんだからな。さて、夜と同時に、敵が出てくるぞ。ナイト・スコープを据え付け、全員部署に就け！」

基地司令官の張大佐は、雨が止むと一人でジープに飛び乗り、掩体壕《えんたいごう》へと走った。

ベリエフBe―6マッジ対潜飛行艇が、プロペラを回して滑走路へと向かい始めた。対潜哨戒機とは名ばかりで、ごくごく旧式の磁気探知装置と、限られた対潜ソノブイ、旧式の爆雷を積んでいるだけで、潜水艦探知は、もっぱら潜望鏡が海面に顔を出したところを探し出す目に頼っていた。

掩体壕の中では、スホーイ―27フランカー戦闘機が、エンジンを始動しようとしていた。その数僅《わず》かに六機。それが重慶砦でバックアップできる最大機数だった。部隊を率いて来た飛行小隊長の金力文《チンリーウエン》少佐が、コクピットへのラダーを昇り掛けていた。

張は、ジープから飛び降り、少佐を呼び止めた。

「もう夜だぞ。飛んでどうする？」

「対艦ミサイルを積んでいます。それにこいつのレーダーは下方監視能力があって、ベリエフなんかより遥かに優秀ですから」

「だが、潜水艦は探せまい？」

「潜水艦なら、ことは簡単です。潜水艦で陸地を攻撃するには巡航ミサイルがいるが、それの炸薬量《さくやくりょう》はしれている。我々が無駄骨を折るだけのことです。アウトレンジで敵を発見できれば、大佐も助かるでしょう？　我々空軍に出来ることは、せいぜいこの程度のことですから。明日の朝まで、六機でどうにか制空権を確保します。朝以降のことは、海南島の連中が考えてくれるでしょう。そんなことより、哨戒艇の心配をなさった方がいい。あれは、いい的《まと》になるだけですよ」

張はにっこりと微笑《ほほえ》んだ。

「船乗りには、船乗りのプライドがあるのさ」

「お好きなように――」

隣の掩体壕から、少佐の部下が乗るフランカーが勢いよく飛び出して来た。まるでサラブレッドだ。加速といい、そのすさまじいばかりのエンジン音といい、たとえ役には立たなくても、兵士の士気を鼓舞するにはうってつけだった。

せめて、今夜一晩もってくれれば、明日には海軍の艦艇が到着してくれる。だが、多分、これまでの挑発行為を検討すれば、間違いなく、次の事件は、ここ重慶砦で起こるはずだった。

金少佐は、部下に遅れまじとスロットルを全開して滑走路へと躍り出た。中国空軍の戦闘機パイロットは、アメリカ空軍のファイター・パイロットを除けば最も優秀なメンバー揃《ぞろ》いだと、金は確信していた。ひょっとしたら、志願制のアメリカ空軍より、兵士の質だけは優秀かも知れない。何しろ、一〇億から徴兵され、その中から選抜されて来たのだから。その中で、フランカー戦闘機のパイロットになるのは、アメリカで宇宙飛行士に選抜されるようなものだった。

金が考えるところでは、フランカー戦闘機は、現在西側の主力戦闘機と唯一互角に渡り合える機体だった。ロシア製だけあって、アビオニクスは西側に劣るが、その空戦戦闘能力は、F―15イーグル戦闘機より上だと思っていた。ドッグ・ファイトになれば、イーグルといい勝負ができる。教育システムや戦法はアメリカの方が上だが、ことセンスに関しては、我が空軍が上だ。兵士のセンスがそれだけ優れているのだから。

二分と経ずして高度一〇〇〇〇メートルまで駆け昇ると、金は僚機に編隊を組むよう命じた。すでに地上には太陽の光は無かったが、上空から見ると、西の水平線には、まだ赤々と燃える太陽が輝き、コクピットのワン・ピース・キャノピーを焦がし、ヘッド・アップ・ディスプレイの画像を見えにくくしていた。

敵として台湾が出てきてくれればと金は思った。ホークだのF―5Eタイガーだのはどうでも良い。所詮フランカーの敵ではない。マレーシアのミラージュ２０００には興味があるが、やはり闘いがいがあるのは、台湾空軍のF―16戦闘機だ。ミサイルでは、レーダー誘導ミサイルが使えるフランカーの方が上なので、ここはなんとか我慢して、格闘戦に持ち込みたかった。ドッグ・ファイトでは、16は15より小回りが利く分有利だというのを、西側の航空雑誌で読んだことがあった……。

張大佐は、援軍が到着するまで、ひたすら砦が持ちこたえてくれることを祈った。

陸戦の兵士たちを指揮する李中佐は、できれば政治的解決が図られればよいがと願っていた。

勇ましい戦闘機パイロットは、少しでも強力な連中と闘えることを願っていた。

それが、中国の中にある混沌だった。しかしひとつだけ、この中国の将来を決する小さな要塞に配属された、最も優秀な軍人たちに共通する点があった。彼らはいずれも、党という台詞《せりふ》を滅多に使わなかった。共産主義という言葉に至っては、まったくの死語だった。彼らは、ただ祖国中国のために、この離れ小島にいるに過ぎなかった。

兵士としてのランディ・マクニールは、海より、本来陸上での、アサルト・ライフルよりサブ・マシンガンを構えてのゲリラ戦を得意とした。対戦車ミサイルより、ロケット弾が好きで、それも米軍のＬＡＷより旧ソヴィエト製のＲＰＧが大好きという変わり者だった。

だが、自分でクルーズを楽しむ必要から、海図の読み方も心得ていた。

ヴィクターⅢ型原潜『ガンジスⅡ』の発令所のチャート・デスクに広げられた重慶砦周辺の海図は、マクニールが持参したものだった。

「どこから手に入れたんだ？　こんなもの……」

ノヴィコフ艦長は、スケールで線を引きながらマクニールに尋ねた。

「なあに。我々はイタリア製の機雷やフランス製の対空ミサイルを融通したのでね、まったく合法的にこの地図を手に入れた」

「水雷長、一番二番発射管に短魚雷を装塡《そうてん》！」

「満潮まであと二時間だ。浅い岩礁地帯が続くここでも、深度は一〇メートルほどになる。事前の情報が正しければ、哨戒艇は、沖合一〇キロの、岩礁が落ち込む辺りを警戒しているはずだ」

「中国がその気になれば、半径一〇キロの要塞を築けるわけだ」

カーター少佐が言った。

「その通り。たぶん、計画はあるだろうが、中国の埋め立て技術を考えれば、国家経済力の半分を投資しても、十年は掛かるよ。ここはそれほど不便な場所だ」

「これだけの要塞を築くだけでも、相当な資金を必要としただろうに」

「そう。連中が、日本の沖《おき》ノ鳥島《とりしま》の埋め立てをモデルにしたことは疑いようもない。

日本はたった一つ二つの岩を守るため、確か二億ドルか三億ドルを浪費したはずだ。幸いにして、あそこは係争海域でなかったがね」

ヘッドホンから、ディーゼル・エンジンの推進音が漏れて来る。お世辞にも、リズミカルとはいいがたい音だった。

「水雷長、一番注水。二番はまだだ」

ノヴィコフ艦長は、その雑談には加わらずに命令を下し続けた。

「一番に目標をインプット。ESMアンテナ上げ！」

飛行機のレーダー波を探知するためのESMアンテナを上げる。

「レーダー感度あり！　ただし遠方。種類は……、ルックダウン・レーダーのようですから、恐らくスホーイのフランカーです」

「見つかる心配は？」

「短時間なら大丈夫でしょう」

「よろしい。夜間潜望鏡上げ！」

ノヴィコフは、チャート・デスクを離れ、スルスルと上がって来た潜望鏡に取り付き、まずぐるりと一周し、戦闘機を探した。積乱雲がところどころ残っているせいで、戦闘機は見つからなかったが、その代わり、高翼の飛行艇が、島の反対側を南から北へと飛んでいた。真上にいてくれなかったのは幸いだ。

「C―4―5を北へ対潜飛行艇が飛行中。たぶん海面捜索レーダーは装備していないか、故障中だろう。この海域に帰ってくるまでそうだな一〇分ぐらいとみる」

それから、潜望鏡を目標に固定した。

「覗《のぞ》いてみるかね？　ミスター」

「もちろん」

マクニールは、背を屈めて双眼鏡の接眼ラバーに顔面を押し当てた。

まだ夕焼けが空に残っているせいで、いく分見やすかったが、それでも、風雨に晒《さら》された、分厚いすりガラス越しに見ているような印象で、輪郭はぼやけ、全体のフォルムでどうにか哨戒艇と解る程度だった。

「艦長……。このナイト・ペリスコープは、あまり上等とはいえんな。中国海軍のものとどっこいどっこいだ」

「本艦は、アメリカの戦略原潜を追うのが目的であって、潜望鏡深度でボートを沈めるために設計されたのではない。潜望鏡など無用の長物だ」

「うむ。確かに、西側の次世代の潜水艦の設計思想としては、潜望鏡を必要としないアイディアも出されてはいる。ただし、この潜水艦は、米ロの潜水艦と戦うわけじゃないからな。せいぜいが、パキスタン海軍のボートと戦うぐらいだ。夜襲を掛けるためには、優れた潜望鏡も必要だよ。ねえ、アッパード少佐？」

アッバード少佐は、ロシア人の水雷長の下で、発射諸元データを弾き出す部下の計算を見守っていた。

「望みとしてはそうですが、我々は西側と違って、あれこれ買ってもらえる身分でもありませんでね。大事なことは、トータル・バランスとしての、性能のいい攻撃型原潜が新たに加わったという威嚇効果でしょう。少なくともパキスタンに対しては、それで十分です。国連に対しては別ですがね」

「国連？」

「ええ、祖国では、国連の常任理事国に入るには、軍備を揃えるのが一番てっとり早いと考える連中がいます」

「常任理事国？　インドがかね？」

マクニールは鼻で笑った。インドやエジプト、ブラジルが国連の高級クラブの会員権を欲しがっていると噂《うわさ》に聞いたことはあったが、インド人から直接聞かされるのは初めてだった。

「ええ。みんな大真面目に考えてますよ。人口で言うなら、我々は中国と競える。経済大国だけが、いいポストにありつけるというのは不公平じゃありませんか？」

「そうは言うが、それなりの義務も果たす必要が出てくるじゃないか？」

「我々は、ＰＫＦやＰＫＯで、十分過ぎるほどの犠牲を払って来ました」

「それを言うなら、パキスタンの方が国連の舞台で払っている犠牲が大きいと思うがね」

「連中に、あんな重要なポストをくれてやる必要はない」

「どうも解らん。あんな椅子の何処がいいんだね？」

「大国の証《あかし》になるというだけで、政治家や軍人には、十分な理由付けになりますよ」

「発射準備完了！」

「一番前扉開け！　どうする？　ミスター。自分で発射ボタンを押すかね？」

「いや。出来ればこのまま覗《のぞ》いていたい」

「命中まで四分余りは掛かる。お茶を飲む時間もあるぞ」

「いや……、まあいいよ。私は船乗りじゃないからな」

「結構。発射秒読み。五、四、三……、発射！」

水雷長が復唱しながら発射ボタンを押し込むと、射程一〇〇〇〇メートルの旧式な短魚雷が飛び出して行った。

マクニールは、接眼ラバーから顔を離し、一度左腕のロレックスを垣間みてから、本当にチャート・デスクのポットに手を伸ばして紅茶をカップに注いだ。

マクニールには、他人の煽《おだ》てや冗談を忠実に履行するという悪い癖があった。幸い、それで損をしたことは無かった。

「艦長もどうかね？」

「私は結構。ベリエフが気になる」

「ベリエフ？……。私にとっては、ほんの五キロ向こうの哨戒艇ですら、ただのボートだぐらいにしか解らないのに、君は島の向こうを飛んでいる飛行機がベリエフと解るのかね？」

「その程度の判断が付かねば、我がロシア海軍でも、艦長は務まらんのだよ」

マクニールは、不思議な印象を抱いていた。どうもこの艦長は、ひと昔前の赤軍時代に郷愁を抱いている様子だった。

「君らが信奉していた共産主義は、そんなに良かったかね？」

「そういうわけじゃない。私は軍人としての威厳の問題を言っているのだ。自国の兵器をバナナと交換するような状況に耐える訓練を、我々高級将校は受けていないのだ」

「だが、ソヴィエトは負けた。その現実は受け入れなきゃな。クビを免れただけでも幸運だよ」

「ああ、解っている。こうして一隻の旧式艦を売れば、せめて新型艦のスクリュー一枚分ぐらいの予算は付くからな」

「あのベリエフとかいうのは、我々の脅威になるかな？」

「中国海軍には、まともな魚雷を製造するような技術はない。恐れるのはせいぜいが爆雷攻撃だが、原潜のスピードがあれば逃げきれる。たとえ発見されても問題はない。我々が戦ってきたのは、より優れた兵器で武装したアメリカ軍だ。こんな連中に沈められては、ロシア海軍の名誉に傷がつく」

「そりゃあ失礼した。カーター、ちょっと潜望鏡を覗いてみろ。ブイが見えるはずだ」

「ええと……。四本見える。ランビーブイだ」

カーターが覗き込むと、哨戒艇の向こうで四本のブイが点滅を繰り返していた。

「何だと思う？」

「左右の幅が一〇〇メートル、前後のそれは二〇〇〇メートルほどかな。港の入り口の延長線上にある。多分……、あれが安全航行路で、その外側は防潜網と機雷があるということじゃないかな」

「俺もそう思うな。砦の防備をどう思う？」

「明らかに強化されている。ここを爆撃するのは簡単だが、白兵で乗り込みたいとは思わないな」

「策はあるはずだ」

「冗談を……。例のトーチカは躱《かわ》せても、キャット・ウォークから狙い撃ちされる」

「スコールのさなかを狙えばどうだ？　視界は二〇メートルもあるかどうかで、スコールは日に数度ある」

「何のために⁉……」

　さすがに冒険好きのアメリカ人も呆れていた。

「スニーカーズさ。どんなに強固に見える防衛システムにも、欠陥はあるということを証明してみせるいいチャンスじゃないか？」

「で、それを証明して何を売り込むんです」

「そいつは親父に考えさせるさ。それくらいの仕事は残しておいてやらんとな」

「いいですよ。俺は陸戦は素人ですけどね。付き合いましょう」

「我々を巻き込まんでくれよ。君たちのお遊びにまで付き合う余裕はない」

　艦長がまったく呆れて窘めた。

「やる時には、迷惑をかけんよう考えるよ」

　マクニールは、水雷長の「あと三〇秒です」という報告で、カップをカーター少佐に預け、再び潜望鏡に取り付いた。

　爆発の瞬間はあっけなかった。水柱が一本、まっすぐフネのブリッジの二倍の高さまで上がると、哨戒艇は真ん中で折れ、舳先《へさき》と船尾を海面に残しながら、ものの一分と経ずに沈んで行った。

「これで一隻欠員となった。この次北京を訪れる時には、スウェーデン製のステルス・ボートを売り込むとしよう」

「現場を離脱する！　下げ潜望鏡。第二戦速。針路2―5―0！　急げ―

『ガンジスⅡ』は、攻撃を終えると脱兎《だつと》のごとく速度を上げて逃げ出した。


哨戒艇の爆発音は、滑走路の反対側の管制塔にいた張大佐の耳にも届いた。視線を上げ、水柱が収まった時には、もう哨戒艇の原形は無かった。

張が命じるより早く、アエロスパシアルのドーファン・ヘリをライセンス生産したZ―8が二機、ローターを回し始めた。

「一機は救出任務にあたらせろ！　ベリエフはしばらく着水させるな。攻撃される恐れがある。反対側にいる哨戒艇に、島へ戻って、可能な限り岸壁に接舷せよと命じよ。岸壁にくっ付けば、誘導魚雷は使えないはずだ」

Z―8が軽やかに昇って行く頃には、もはや哨戒艇は跡形も無かった。

「海南島司令部へ打電、ワレ、魚雷攻撃を受く。哨戒艇一隻を喪失。更なる対潜哨戒戦力の増援を請う」

張は、この情報を正しく読み取ってくれる人物が、軍の上層部に、さらには北京にいてくれることを願った。

それにしても、いったい何者だろうと思った。潜水艦による攻撃となると、やはり台湾だろうか？　それとも、密かにロシアから廃棄処分になりそうな潜水艦を購入してた海軍があったのだろうか……。

台北《タイペイ》のソンシャン基地を飛び立った要人輸送飛行隊のボーイング727輸送機は、香港管制空域を脱し、海南島が管制する中国の防空識別エリアに突入しようとしていた。

ひと昔前なら、問答無用に撃墜されても文句の言えない空域だった。

キャビンに据え付けられたファクシミリがブーンという唸《うな》りを上げて、PC用紙を吐き出すと、小さなテーブルを囲むメンバーの中で、最も位が低くて若い、空軍の黎《リー》世忠《シーチョン》少将が、それを引きちぎり、ため息を漏らしながら読み上げた。

「タイペイからです。電波傍受部隊が、海南島から発せられた通信を傍受、解読しました。哨戒艇が、おそらく潜水艦による魚雷攻撃を受け、沈没。更なる対潜哨戒部隊の増援を求めています」

背広姿の外務政務次官の安成信《アンチヤンシン》が、海軍作戦本部副部長の郁俊《ユーチユン》提督（海軍少将）を睨《にら》み付けた。

「もう一度尋ねるが、提督。私は大陸へ行って恥をかかされたくはない。本当に君らではないのだな？」

「次官殿、何度でもご説明申し上げますが、我々ではありません。掘削リグへの攻撃が起こった時、わが潜水艦隊司令部は、航海中の各艦に位置報告を命じた上で、ただちに母港への帰投を命じました。疑わしきフネは一隻とておりません。昨日、それらのうちの複数に、南沙諸島への出動を命じましたが、それらはどう頑張っても、水上艦部隊より前へ出ることは出来ないのです」

「では、誰がやったんだ⁉」

「今となっては、犯人は日本以外には考えられない。たぶん、シンガポール辺りが唆《そそのか》したんでしょう。大陸の覇権主義をくじき、アジアのリーダーとして君臨するいいチャンスだとね」

「南下中の日本艦隊は、いつ頃見つかるんだ？」

「三〇機のS―2T対潜哨戒機が散っていますが、何分現場海域が広いものですから……」

「空軍も偵察機を出しています。傍受部隊が何もキャッチしていないところをみると、無線封止で航行しているのは間違いない。連中は本気なようですね」

「沖縄に動きは？」

「まだ、部隊が集結というほどではありません。もし沖縄に部隊を集結すると、我々を刺激しますからね、連中もバカじゃない。そんなことはやらんでしょう」

「君たちは、本当に、大陸と組むべきだと思うか？　もしこれが公になれば、大陸反攻の夢物語にすがりつく連中から、我々はリンチに遭うだろう……」

「南沙諸島問題で、日本にイニシアチブをとらせて、我々中国人の権益すべてをASEANに渡すぐらいなら、大陸と組む方が無難です。南沙諸島の資源が全部大陸に渡ったとしても、連中が金門島を越えて押し寄せて来るわけじゃない。そんなことを心配するより、大陸沿岸部の経済成長率の方が優先事項です」

「そうは言ってもな……。古い世代にとっては、大陸の共産党は所詮ただの親の仇に過ぎん」

しばらくすると、海南島を飛び立った赤い星のマークのスホーイ―27フランカー戦闘機二機が、ボーイングを両翼から挟み込んだ。

夕暮れの上空から見る海南島は、南国のリゾート・アイランドとさして変わらなかった。プール付きの瀟洒《しょうしゃ》なホテルが、パーム・ツリーの林にぽっかり浮かんでいた。

着陸した海口空軍基地では、何のセレモニーも無かった。基地の副司令に迎えられると、そそくさとリムジンに乗り込み、そのまま海軍基地へと向かった。

司令部で待ち受ける万中将は、客人が部屋へ入る前に、念のためマッキントッシュの画面を消した。

客が到着すると、空軍の郭少将が弾かれたように立ち上がって、完璧《かんぺき》な敬礼を示した。

「歓迎します。黎少将、郁提督、安閣下。海南島海軍の司令官である万中将を紹介します」

三人の台湾人、二人の中国人は、しばし無言のまま見つめ合った。

政治家が、その沈黙を破った。

「万提督……。解放軍報に載せられたフロム・ザ・シーに関する論文を読ませて頂いた。極めて見識の高い方とお見受けする」

「光栄であります、閣下。私は、閣下がタイム誌に寄せられた中ロ関係に関する論文を読ませて頂きました。今後の台湾政策を占う上で、貴重な経験となりました」

「有り難う。ところで、あるいは胡氏がおられるものと期待していたのだが……」

「残念ながら、胡同志は、北京から動けない様子であります。ご承知のように、状況にかなりの変化がございましたので……。しかし、直通電話を用意し、会談に加わってもらうことは可能です」

「貴方がた二人が、胡同志から信頼されていることは知っているが、私としては胡同志の言質《げんち》が欲しい。彼は本当に復権したのかね？」

「我々はそう考えております。ま、お掛け下さい」

五人分のジャスミン・ティーとスピーカーホーンが、すでにテーブルに用意してあった。

「まず、貴方がたの誤解を解いておかねばならない。我々は、大陸の航空機を撃墜したことはないし、掘削リグを攻撃した事実もない。我が軍の潜水艦が、当時どこにいたかを、貴方がたは調査するだけの能力を持っていると思うが……」

「無論です閣下。一時期、情報不足で、台湾を非難したことは、明らかな誤りでした。日本が出て来た今となっては、何もかもが納得できる。残念ながら、我々はまだ日本軍の所在を把握しておりません。台湾側はどうですか？」

「八八艦隊が出ていることは確からしいのですが、こちらもまだまったく発見しておりません」

「哨戒能力は、台湾の方が上だ。そちらに発見できないものは、我々にも無理です」

電話のベルが鳴り、郭少将がスピーカーのスイッチを入れた。

「お待たせしたかな？　台湾の同志諸君」

胡の声は、いく分弾んでいた。

「安成信です、胡同志。そこはどこかの労働キャンプではないのでしょうな？」

電話の向こうで、胡は大声を出して笑ってみせた。

「ああ、安同志！　まさしくここは労働キャンプだとも。一〇億もの民を養う世界最大の労働キャンプだ！」

安は、とても笑えないその冗談に眉をひそめた。

「胡同志、貴方のその口の悪さが災いしたのですぞ。少しは自重なさい」

「なんの。私は北京政府には何の義理もない。こんな連中のために口にチャックをするのは御免だね。香港を経由することなく大陸に飛んだ気分はどうだね？」

「生きた心地はしなかった、とだけ答えておきますよ」

「さて、あまり時間はありそうにない。ついに重慶砦が攻撃を受けたそうだし、聞くところによれば、日本の八八艦隊は、時速六〇キロを超える猛スピードでノンストップで前進できるそうだからな。そちらの結論を聞こうか？」

「貴方はいつも結論を急ぎすぎる。こちらにもいろいろ条件があることを理解して貰わないと」

「どのような条件だね？」

「同志、貴方がたは、我が台湾の軍事力なくしては、日本どころかＡＳＥＡＮとも渡り合えない。南沙諸島を開発するだけの技術力も資本もなく――」

「能書きは結構だ。条件は何だ？」

「第一に、重慶砦の諸設備を我々に開放し、少なくとも制空権を我々にも認めることです。第二に、南沙諸島で我々が関与した開発計画による収益は、出資比率に応じたものとする。第三に、南沙諸島の領有は、中国人民に帰するものであって、それは北京政府一人のものではないことを明言すること。以上三点です」

「これはまた高飛車に出たもんだな」

「当然の権利です」

「万提督、軍はどのように答えるね？」

このくらい高飛車な条件が出てくることは覚悟していたが、それにしても虫のいい要求だった。

「胡同志。我々は重慶砦を構築するために、十数年の歳月と、莫大な予算を注ぎ込みました。それこそ埋め立て用の砂利みたいに金を注ぎ込んだのです。それに、制空権を折半するようなことは、物理的に不可能です」

「いえ、それは可能です」

黎少将が口を挟んだ。

「たとえば、日本における日本軍と米軍のように、どこかで管制を一元化すれば、両軍の戦闘機が南沙諸島を警戒することに、何らの障害もありません」

「だそうだ――」

胡が台湾への賛意を示した。

「しかし……」

「問題は領有権だろうな。それを認めてしまっては、我々は中国の主権が二つに分離していることをおおっぴらに容認することになる」

「貴方は現実主義者だ。胡同志」

「譲れぬプリンシプルというものはある。くだらんとは思うがね。それは北京政府の回答待ちということで話を進めようじゃないか？」

「結構です。では、台湾政府の決定をお伝えします。我々は、軍の総力を挙げて南沙諸島防衛に当たります」

スピーカーを通じて、歓迎する複数の拍手が聴こえて来た。

「たいへん結構。北京政府を代表し、台湾の勇断に最大級の感謝を申し上げる」

「同志、率直なところ、我々は沿岸部の開発に深入りし過ぎた。ここで大陸と袂《たもと》を分かてば、経済成長がマイナスに落ち込むことは避けられない。これは純粋に経済的な決断であり、我々が北京政府に恭順《きょうじゅん》の意を示しているわけではないこともご承知頂きたい」

「もちろん。そんなことはどうでもいい。文化的人間の動機は経済であって、くだらん教条主義ではないからな。あとはよろしく頼むよ、万提督。私は、中南海のアホどもを宥《なだ》めなきゃならん」

そのまま電話はふっつりと切れた。

「あれはどうも、間違いなく胡邦国のようだ」

「ええ。声色はともかく、あそこまで共産中国の悪口を言ってのけられるのは、台湾にもいないでしょう」

「さっそくですが、西沙諸島永興島の滑走路を使用させて下さい。重慶砦を除けば、あそこが大陸が抱える最南端の滑走路になる。日本の潜水艦は、世界中で最も静かな潜水艦です。我がS―2T対潜哨戒機で発見できる可能性はほとんどありませんが、永興島を燃料基地に、重慶砦周辺へ示威行動を取れば、それだけ敵をアウトレンジ出来る」

「了解です。しかし、燃料補給には、あまり期待しない方がいい。たいして備蓄はありませんからな。時間を節約するために、空中給油機をピストン輸送させますが。そちらの艦隊は、今どの辺りにいますか？　差し支えなければ教えて下さい」

「よろしいでしょう」

五人は、壁際のチャート・デスクに移動した。チャートの上に被っていたシートを万提督が持ち上げると、南沙諸島の海図の上に、三〇近い中国海軍の艦艇を示す虫ピンが留められていた。そこには、潜水艦の位置だけは書き込んでなかった。台湾側も、自国の潜水艦の位置を教えるつもりは無かった。

「さすがですな提督。素早い展開だ。我々は今、光華I計画の一番艦『成功』（四一〇〇トン）を旗艦に、北衛島の南東二〇〇キロを南下中です」

「早い……」

万提督は、台湾海軍を発見したとの報告がないので、せいぜいまだ東沙諸島辺りだろうと思っていた。

「アメリカ海軍からレンタル中のノックス級フリゲイト三隻も加わっています。ギアリング級三隻を含めて、合計七隻の艦隊です」

「凄《すご》い！……」

万は、口元に右手の甲を当てて呻《うめ》いた。『成功』は、米海軍のオリバー・ハザード・ペリー級のコピーの一番艦で、いずれはイージス化されることになっている。ノックス級フリゲイトは、フランスから導入するラファイエット級の繋《つな》ぎとして導入され、SH―2Fシーキング対潜ヘリコプターを搭載する。ギアリング級は、船体こそ大戦中のものだが、大規模な改造計画で、ハープーン・クラスの対艦ミサイル、防空用のシーチャパレルを装備しているはずだった。

この、たった七隻が敵に回っては、全中国海軍の戦力をもってしても、とうていかないはしない。これが敵に回らずに良かった……。

この戦力は、ほんの五年で三倍になる。だが、万の手持ちは、どう贔屓目《ひいきめ》にみても、五年後二倍になっているかどうかだった。

「素晴らしい！　郁提督。これだけの新鋭艦があれば、十分に日本海軍と渡り合える！」

「空軍も、今年配備に就いたばかりのE―2C早期警戒機を出す予定です。空軍によるエア・カバーを考えれば、我々は日本軍を圧倒できます。彼らにも、そろそろ教訓を与えていい頃です。もはや、「アジア唯一のスーパーパワーではないという教訓をね」

万は感激しきった瞳で、二人の軍人に握手を求めた。

「我々が持っている、あらゆる補給物資を献上します。思う存分戦って下さい！」

「大陸の艦隊が西を抑えているとなると、日本海軍の居場所は、我々の東海域以外にはない。その方面に捜索を集中させ、もし彼らに攻撃の意図があれば、速やかに攻撃し、これを撃滅してご覧にいれましょう」

安成信は、海図のコピーを貰い、指揮連絡要員として二人の将軍を残したまま、ボーイングに乗り込んだ。

郁少将は、厦門を経由した台湾とのホットラインを確保してもらい、さっそく捜索範囲の集中を求めた。台湾の各基地で、マーベリック対地ミサイルと、国産の「雄風Ⅱ型」対艦ミサイルを装備したF—5Eタイガー戦闘機が、F—16戦闘機の護衛の下、離陸準備に入っていた。

その数は、二〇〇機に達しようとしていた。

交戦法規

三時間置きのスナイダー少佐からの定時連絡を、マクニールは夜九時に、北へ針路を取っていた『ガンジスⅡ』の司令官居室で受けた。

「ロビンスキー伍長、実は頼みがあるんだが……」

「はい、ミスター、何なりと」

「実は、陸上戦闘をやる必要が出てくるかも知れん。指揮は、私とカーター少佐が執《と》るんだが、兵士が必要だ。一〇名ほどでいいから、君にリクルートをお願いしたい。報酬は、一人頭一万ドル。君に関しては、二万ドルだ。艦長に気付かれんように集めて欲しい」

伍長は二つ返事だった。

「はい。お安い御用です。しかし、そのチームには、自分も加わってよろしいんですか？」

「ああ、もちろんだ。英語が出来る人間がいてくれないと困る。そうだな、君には通訳料も払わねばならんか……。参加費用一万ドル。通訳費用一万ドルで、合計四万ドルではどうかね？」

「四万ドル、ですか⁉……」

役立たずのルーブルに換算すると、0が七つぐらいは付くはずだが、そんな桁の外貨など、ロビンスキー伍長は考えたこともなかった。

「何が買えるか解るかね？　伍長」

「は、はい。ヤマハのバイクや、ひょっとしたらアメリカのあの、何て言いましたっけ？　排気量がデカイ……」

「ハーレー・ダビッドソンかね？　伍長、バイクなんてガキのオモチャだ。君はドイツ製の高級車を買える。ＢＭＷでもアウディでも、オフロードが好きなら、ミツビシのパジェロだって買えるぞ」

たかだか四万ドルでは、その程度の物しか買えないというのが、マクニールの実感だったが、崩壊した国の青年にとって、それがどの程度、とほうもない金額かも、マクニールは知っていた。

赤い夜間照明下の発令所へ赴くと、スキップ・シートでノヴィコフ艦長がうたた寝していた。

「艦長、起きてくれ。君たちプロフェッショナルが小躍りするような情報だ」

マクニールは、チャート・デスクに、大判のチャートを広げ、蛍光灯を灯《とも》した。

「ええと……、ここだ。台湾海軍はこの海域を南下している。中国海軍は無線封止もなしに航行しているが、さすがに台湾は慎重だ。何処《どこ》にいるんだろうと思っていたんだ」

「我々の位置から、ほんの二〇〇キロも離れていない……」

「そうだ。最大戦速で駆けつければ、双方の相対速度があるから、ほんの二時間で接触できる。問題はだ、この情報だ！」

　マクニールは通信用紙をヒラヒラさせた。

「思った通り日本海軍が出動して来ている。すぐそこまでな。台湾や中国はそれを知って、そもそもこの危機を仕掛けたのが日本だと錯覚したらしい。何しろ、まともな潜水艦を持っているのは、台湾と日本だけだからな」

　寝ぼけ眼《まなこ》のノヴィコフは、マクニールの次の作戦に気付いて、とたんに厭《いや》な顔をした。

「艦長、我々の任務を思い出したまえ」

「我々のじゃなく、君の任務だ」

「まあいい。台湾海軍が繰り出した戦闘艦は、日本もかくやの新鋭艦ばかりだ。これに活躍してもらわない手はない。それとも、君は危険だと思うかね？」

「私は台湾海軍の装備に関してさほど明るくない」

「そうか。ならば教えて上げよう。二十年前の日本海軍の対潜装備だと思えばいい。

つまり、このヴィクターが実戦配備に就いた頃だ。対潜哨戒機《しょうかいき》のS—2Tに、たぶんこっちの方がやっかいだろうが、SH—2Fシーキング対潜ヘリコプターもいる。相手にとって不足はないぞ」

「ミスター。何度も申し上げるようで恐縮だが、戦争はゲームではない。人が死ぬということを忘れんで欲しい」

「艦長、戦争はゲームだよ。人類が考え出した、最も複雑で愚かなゲームだ。だが、世界中がそのゲームに熱中している以上、軍人はゲームに勝ち続けねばならない。何しろ君ら職業軍人は、職業としてゲームのプレイヤーになることを望んだのだからな」

ノヴィコフ艦長は、新たな敵の正面に、全速&停止運動で接近するよう、コース算定を命じ、水雷システムの点検を行った。日本海軍ほどではないにせよ、台湾海軍は、十分に警戒を要する敵には違いなかった。


そのフネは、海上保安庁の四隻の巡視艇、海自の二隻の警備艇が見守る中を、音もなくドックから滑り出た。

一〇〇トンかそこいらの、小回りが利くことだけが取り柄の内海用の警備艇にとっては、見上げるような巨艦だったが、なぜかレーダーには映らず、エンジン音と呼べるようなものも皆無で、まるで何かに曳航《えいこう》されているように静かだった。

月夜であるにも拘わらず、船体に光の反射はほとんど無かった。

佐世保のドックを滑り出たフネは、巡視艇や警備艇に別れを告げると、収納していたレーダーマストを掲げ、想像を絶するようなスピードで白波を蹴立《けた》てて外洋へ躍り出た。

ブリッジの中央で仁王立ちになる艦長の片瀬寛二佐は、無言のままレポート用紙の束を繰り、時々チッと舌を鳴らした。本来なら、もう一週間はドックで過ごすはずだった。消磁試験もやっていない。ミサイルは大方陸に揚げたまま、肝心のエンジン調整もやっていない。新装備の実射テストは何もなしだ。

「人のフネを何だと思っていやがるんだ……」

「左舷に貨物船が一隻、距離二〇〇〇〇」

見張り員が報告する間もなく、自動航法装置が、探知できる範囲内で最大可能な回避コースを弾き出し、自動的に舵《かじ》を切った。このフネであれば、無人のまま太平洋を横断し、パナマ運河を抜け、ニューヨークにたどり着くことが出来ると、誰もが信じていた。

「副長、三か月以上も海に出ていないせいで、みんな勘が鈍っているはずだ。このスピードでぶっ飛ばして事故を起こしたくはない。細心の注意を払い、ダブル・チェックを忘れぬよう頼む」

「了解です、艦長」

レーダー・コンソールの遮光フードに顔を埋めたままの副長の桜沢彩夏三佐は、一瞬フードから顔を上げ、短く答えた。

三か月も陸にいたせいで、ただでさえ色の白い肌のうなじが、まるで抜けるようにレーダー画像の明かりを反射していた。


長崎空港に着陸した米軍の要人輸送機ボーイング707から自衛隊のシュペルピューマに乗り換えたメナハム・メイヤは上機嫌だった。空港では、外務省の国連局長が出迎えてくれた。

お供として、アジア局の東堂が乗り込んでいた。暗闇《くらやみ》の海上を疾駆し、シュペルピューマは、ほんの一時間で追い付いた。メイヤは、暗闇に浮かぶその珍しいフォルムのフネを一周するよう命じてから着艦を許可した。

正装で出迎えろというのが、防衛庁と外務省からの命令だった。

「このフネに夜会服でも積んでいるってかね。このクソ暑いさなかに礼服なんぞ……」

着艦デッキに佇《たたず》みながら、早々の出港を命じた張本人に、片瀬艦長は不満げだった。

「気を付けろよ。やっこさんは無類の女好きだそうだ」

「黒人でいらっしゃいましたよね。ま、暇があったら考えてみましょう」

桜沢副長は、国連随一の実力者との対面に興味津々の様子だった。

シュペルピューマが着艦し、完全にローターが停止するまで、ヘリの扉は開かれなかった。そのことでまた、片瀬は不満を漏らした。

「こっちは時間がないってことが解っておらんのじゃないか？」

だが片瀬は作り笑いを浮かべ、頭を押さえて降りてきた大男を、必要以上にがっしりとした握手で握り締めて引っ張った。少しでも早くヘリから離れ、ヘリにさっさと離艦して欲しかった。そうでないと、フネが最大戦速を出せないのだ。

「ようこそ、ミスター」

「ニューヨークの口さがない連中は、私のことをブル・メイヤと恐れる。メイヤは堅苦しい。ミスター・ブルで結構だ」

「ではミスター・ブル。本艦の副長を紹介します。桜沢三佐です」

桜沢は、外交的な笑みを浮かべて敬礼した。

「おやおや、日本は未だに女性をモノ扱いする国だと聞いていたが、こんなところにまで進出したかね？」

「歓迎します。ミスター・メイヤ。本艦にはもう一人、ヘリコプターのパイロットとして女性が乗っております」

片瀬は、メイヤの背中を押しながら、シュペルピューマに、さっさと離艦するよう合図した。

「さっそくだが、艦長、どのくらいの時間で現場に着ける？」

「少な目に見積もっても三〇〇〇キロはあります。幸い現場までは凪《なぎ》ですので、スピードは出せます。七〇ノットですっ飛ばして丁度二四時間と考えて下さい」

「七〇ノット⁉　本気かね……」

「ええ。明日夜が明ければ、本艦の性能をほんの一部ご覧頂けます。まあ、さほど心配はないでしょう」

「そうかな。もし、台湾が全面的に君たちの敵に回るとしたらどうだね？」

片瀬の表情が曇った。

「そうなんですか……」

「そうだ。だから、何としてもこの新鋭艦の戦力が必要になる。ところで、失念したが、艦名はなんと言ったかな？」

桜沢が答えた。

「正式名は『ゆきかぜ』ですが、我々が行動する海域では、『シーデビル』で通っています」

そのフネの性能、戦力は、まさしく海の悪魔と呼ぶにふさわしかった。

台湾海軍が保有する対潜哨戒《しょうかい》機、S―2T、ラッカーは、元々アメリカ海軍の空母艦載用対潜機だった。その後、米軍にはP―2ネプチューンが導入され、現在のP―3Cオライオンに至った。

米軍とそっくり同じ装備の歴史を辿《たど》った日本においても、かつてS―2のFタイプのトラッカーが配備されていた。それは、退役するまで海上自衛隊の唯一のレシプロ実戦機として存在したが、極めて信頼性の高い対潜哨戒機として記憶された。もっとも、海上自衛隊には、実戦配備以降一度も墜落したことがないP―2Jという名機がまだ残っていたが。

台湾海軍のそれは、エンジンをターボ・プロップに換装してあった。

僅《わず》か二〇〇〇キロしかない航続距離を延ばすため、フィリピン西方海上を受け持ったチームは、対潜兵器やソノブイをいっさい積まずに出ていた。

基地を飛び立ってからすでに五時間。季勤《チーチン》少佐が指揮するトラッカーには、すでに帰投時間が迫っていた。

四人乗りのコクピットには、動けるような空間はなく、事実上着陸するまで身動きは出来なかった。自動操縦装置と呼べるようなものもなく、四時間を過ぎる頃には、季機長は、三〇分置きに操縦を副操縦士の黄志剛《ホアンシーカン》中尉と交代していた。

掌《てのひら》は真っ赤に膨れ上がり、冷房などないせいで、シートの腰の部分には汗が溜《た》まり、両肩のベルトは、まるで鉛の重りのように肩に食い込んでいた。

「おい、すまんがお茶をくれ」

季少佐は、操舵輪《そうだりん》を中尉に預けると、両手を揉《も》みほぐし、ベルトをちょっと緩《ゆる》めながら背後の対潜員を振り返った。

「ちょっと待って下さい。一本目は空のようなので……」

対潜員が、空になったポットを振ってみせた。

「燃料はギリギリですよ」

黄中尉は燃料計のガラスをパチンと弾《はじ》いた。

「ああ、もう三〇分飛んだら帰投しよう。夜明けまでにはベルトを外したいな」

「エアコンは無理でも、せめて、トイレ付きの哨戒機が欲しいですよね」

「もう四年の辛抱さ」

「どうしてです？」

「次のアメリカ大統領選挙が近づけば、票が必要な大統領がロッキード社を訪れて、P―3Cの台湾売却を認めてくれる。だから、次の選挙までの辛抱さ」

ブッシュは九二年の選挙運動で、ゼネラル・ダイナミックス社を訪れて一五〇機のF―16戦闘機の台湾売却を許可した。結果的に効果は無かったが、この次の選挙では、きっと海軍の番だというのが、台湾海軍の上層部の希望的観測だった。

「本当ですかね……、その噂《うわさ》。大陸側がもうちょっとまともな潜水艦を配備してくれないと、国民や議会が納得しないんじゃないですか」

「こちらの水上戦力の向上を見れば、大陸の連中もせめて潜水艦ぐらいは揃《そろ》えてくれるさ。何しろ、連中が潜水艦配備に熱心でないのは、我々がろくな対潜装備を持っていないせいだからな」

「前方にレーダー感アリ！　たぶん複数です」

レーダー監視員が報告した。その言葉の響きでは、民間船舶ではないらしいという判断が含まれているようだった。

「軍艦なのか？」

「三〇ノットは出してます」

季は、生温《なまぬる》いコーヒーを飲みながら、コクピットの真ん中にある、パイロット・クルー用の、より小型のレーダー・コンソールに、目標が現れるのをじっと待った。

「レーダーを消しますか？」

「いや、手遅れだ。相手が日本海軍なら、とっくに気付かれている」

レーダーの真上に、横一列に並んだ影が映ってきた。

「撃墜される前に基地へ位置報告しろ！」

「防御兵器、何もありませんよ。チャフすら……」

「任務は任務だ。覚悟を決めよう。少なくとも我々の名前は、最初に触敵した部隊として歴史に残る」

目標は単縦陣形で進んでいる。高度を下げ始めると、その東側に、もう一つの集団が現れた。

「最初の集団は九個。するとこっちにイージス艦がいるんだな。基地へ通信、もう一個集団見つけたと伝えよ」

高度二〇〇〇で、二〇キロまで近づいても、目標の明かりは見えなかった。

「月夜なのに、無舷灯航行してますね。バトル・ステーションじゃないですか？」

「だが、いっさいレーダー追尾を受けてない。レーダー発振もないんだろう？」

「ありません。目標は無線封止下にあり、ただの対空レーダー一本出してません」

「よし、もっと接近して現物を拝ませてもらうぞ」

季は、コーヒーカップを飲み干すと、休む間もなくベルトを締め、自分が操縦するとコールして操舵輪に取りついた。

「『成功』艦隊との距離は一五〇キロかそこいらだ。空の援護なしに、倍の敵と戦えればいいがな……」

「今頃はもう、空軍がスクランブルを掛けているんじゃないですか」

月明かりが煌《きら》めく海面が視認できる高度まで降りると、台形状の艦橋構造物が特徴のイージス艦を先頭に、八隻の八八艦隊が見えて来た。凪の海にも拘わらず、白波が激しいところを見ると、確かに相当なスピードのようだ。舳先《へさき》の直後から、沸《わ》き出すように立つ白波は、全力航行の証拠だった。しかも、一隻とて舷灯を灯していない。戦闘時でなければ、それは海洋法のいくつかに触れる問題だった。しかも、今は戦闘時ではない。

李少佐は、イージス艦から五〇〇メートルの距離まで接近すると、左へとバンクを描いた。右側席の黄中尉が、コダックの超高感度フィルムが入ったオリンパスの一眼レフのシャッターを切り始めた。

少佐は、単縦陣に反航しながら、注意深く観察した。各艦とも、ヘリコプターは格納庫に収まったままで、アクティブ・タイプのレーダー・アンテナは回転しておらず、その割には、ウイングに立つ見張りの数が多い。

かつて、日本海軍に徴用された叔父から聞かされたことがあった。大日本帝国海軍は、何より夜襲を得意とした……と。

見張りの人間は、ヘルメットもなく、作業服姿だった。

最後尾まで見届けると、李はパワーレバーを全開して上昇に移った。

「基地へ連絡。イージス艦に先導された日本海軍の八八艦隊を確認。無灯火、無線封止下による単縦陣航行なるも、敵対行為の意図を感じられず」

季は、今では左翼後方に遠ざかりつつある艦隊をもう一度見遣《みや》った。黄中尉が、震えるようなため息を漏らしながらカメラを膝《ひざ》に置いた。

「撮ったか？」

「ええ。バッチシです……。でも、明日俺たちが帰ってくる頃、この艦隊はまだ浮かんでいますかね？」

「もう一度、この艦隊にお目に掛かれるとしたら、その時は、我が台湾海軍は全滅した後ということになる」

接近し、急旋回しながら帰ってゆくトラッカーを、『こんごう』の幹部指揮官たちは、懐かしさをもって見送ったことを季は知らなかった。

翼を振るぐらいしてくれても良さそうなものを、という海上自衛隊側の疑問が解けた時には、もう手遅れだった。

『成功』の母親は日本人だった。父は明の提督鄭芝龍《チアンシーロン》。近松の「国性爺合戦《こくせんや》」の主人公として知られている。

艦隊を指揮する楊景《リユウチン》提督は、艦名の由来に関するそういう歴史的な問題には興味なかった。彼は、新しいタイプのエリートだった。大陸の情報より、アメリカ海軍の動静に詳《くわ》しかったし、日本海軍には、単に海軍軍人として、尊敬の念を抱いていた。

ロシア海軍より遥《はる》かに手ごわい相手であることも解っていた。

ＣＩＣルームで、基地と交わされた哨戒機との交信をキャッチした。追って、敵艦隊の位置を知らせる台湾からの通信も入った。

士官が、プロットに、敵艦隊の位置を書き込むのをただ黙って見守っていた。

「敵は一七隻。対艦ミサイル装備可能な最新式のＳＨ―60Ｊシーホーク・ヘリを搭載しています。我々が互角に渡り合えるのは、せいぜい対艦ミサイルの性能ぐらいです」

艦長の許《スー》勝《シアン》大佐は、首にストップ・ウオッチをブラ下げ、ライフベストの紐《ひも》を縛りながら言った。

戦闘準備が命ぜられて三分、総員がすでに配置に就いていた。

「こっちも単縦陣で突っ込もう。無線封止で、敵の出方をみる」

作戦参謀の周《シヨウ》光《クアン》大佐が深々と頷《うなず》いた。

「我々が第一波攻撃を受け止めている間に、空軍部隊が襲いかかる。こちらは痛み分けでも、敵は全滅です」

「うん。何とか我々だけで阻止したいものだが、向こうの方が戦力が上とあってはな……。だが、どうやって戦えばいいのだ？　私が学んだ現代戦争のテキストには、空母抜きの対艦ミサイル同士の会戦なんて項目は無かったぞ」

「潜水艦も警戒しなきゃならない。もし、敵が一隻しか潜水艦を持ち込んでなければ、重慶砦からこの時間で北上するのは無理だ。電池や浮上してのディーゼル推進では。一隻だと思いますか？」

「いや、その可能性は低い。だが、全力航行の水上艦部隊に、潜水艦が随伴《ずいはん》しているとも思えん。あれを見つけ出すのは無理だよ。日本の潜水艦を見つけ出せなんて。P―3Cでもいなけりゃ……」

「ほんの一時間で接触します」

「胸を借りて戦おう。彼らの方が経験もあれば、戦力も上だ」

『ガンジスⅡ』は、ほぼ南進する日本艦隊と、西方から南東へと下って来る台湾艦隊の、どちらかと言えば台湾艦艇寄りで待機していた。

魚雷発射管には、二本のSS―N―21対艦ミサイルと、囮《おとり》魚雷が収まっていた。

「ミスター、SS―N―21は、本来巡航ミサイルであり、結構高価なミサイルだ」

ノヴィコフ艦長は、猛烈な忙しさの中で、数限られた魚雷を損耗《そんもう》することに不満を漏らした。

「ああ、付けといてくれ。インド海軍には、耳を揃《そろ》えて渡す。しかし、売却条件には、それより性能のいいSS―N―22サンバーン対艦ミサイルも含まれていたはずだが……」

マクニールは、魚雷も含めてインド海軍に売ったのだった。

「あのすさまじい性能のミサイルは四発しか積んでいない。いざという時でなければ使いたくないし、そもそもミスターは、両海軍に早々と決着をつけて欲しくはないのだろう？」

「ああ、そこそこ時間を掛けて戦って欲しいな。台湾にせよ日本にせよ、お客としてはアメリカより気前がいいからな。バイヤーとしては、いろいろ貴重な教訓を山ほど持って帰って貰《もら》いたい。アセスメントが出れば、お買い物リストが財政当局にドサッと出される」

速度は四ノット、舵《かじ》が利かなくなるデッド・スロー寸前だったが、目標が近寄ってきてくれるせいで、動く必要は無かった。

さすがにベテランだけあって、艦長の動きは一分の隙も無かった。冷水塊を探して、いざという時の逃げ場所を作り、チャートの中に、艦隊の相対位置を書き込む士官に細かな修正を命じ、攻撃目標の選択に関してアッバード少佐に意見を具申《ぐしん》させ、逐一分析と評価を与えた。

「このように敵の真ん中に孤立した時には、君ならどうするね？」

「敵の方がスピードが速いことを考えると、深く潜ってやり過ごすのがベターかと思います」

「うん。それもひとつの手だ。だが私なら、何もせずに、ただじっとしてやり過ごす。三〇ノットで接近してくるということは、逆に、三〇ノットで離れて行くということでもある。君は恐らく対潜ヘリ部隊を警戒して深く潜るべきだと考えたのだろうが、三〇ノットで接近してくる敵艦隊を捉えた時には、もう対潜ヘリは真上を舞っていると考えた方がいい。そういう時は、ジタバタせずにただ静かに敵が通り過ぎるのを待つ。深く潜れば、今度は敵を見失う危険が出てくるからな。これは、たぶん艦長の性格が出る部分だろうがね。一番、二番。目標は、各艦隊の最後尾艦だ！」

最後尾を狙《ねら》うのは、それだけ対空監視が手薄になるためだった。

「台湾海軍と日本海軍の相対距離が五〇キロに縮まったところで、日本海軍用から順次発射とする」

「艦長、それだと日本海軍に四〇キロも接近することになる。大丈夫かね？」

「ミスター。この辺りは浅海域で、我々が動くのも難しいが、それ以上に潜水艦探知は難しい。海底に音が乱反射して、とてもまともなノイズは拾えない。磁気探知なら話は別だが、それには相当の偶然が必要だろう。怖《お》じ気《け》づいたかね？」

「自分がコントロールできないものは恐いさ。違うかね？」

「うん。同感だ。私も飛行機は恐い」

ノヴィコフ艦長は、チャート・デスクの上に、ストップ・ウオッチを二個置いて、ミサイル発射の瞬間に備えた。

斗南無は、ＣＩＣルームで、ようやく出たメナハム・メイヤからの電話を受けていた。

相手が上機嫌なのが気に喰《く》わなかった。上機嫌な時に限ってメイヤは良からぬ企《たくら》みを抱いている。

「ブルよ。今度は何を企んでいるんだい？……。痛い目に遭いたくなけりゃあ、正直に話しといた方が利口だぜ」

「企み？　おいおい。人聞きの悪いことは言わんでくれ。私が一度でも不埒《ふらち》な企みを抱いたことがあったかね？」

「じゃあ聞くが、中国の掘削リグが攻撃を受ける前から、どうしてうちの軍隊は出港準備なんか整えていたんだ？」

「そんなことはワシは知らんよ。レディネス・フォースで結構なことじゃないか？誰かがそれで迷惑したわけじゃない」

「あんたが考えるほど、アジアは単純じゃない。ＡＳＥＡＮの中には、域内の主導権争いがあるし、台湾だって中国だって、この海域で日本が憲兵役を務めるのを歓迎せんだろう。俺は、何度もあんたに説いてやったはずだが――」

「もちろん。だからこそ、今回の問題は火種が大きくならない内に消しておきたいんだ。君たちはいわば、燃え盛る油田の火を爆風で消すためのニトログリセリンみたいなものだよ。それに、嬉《うれ》しくはないか？　常任理事国のロータリー・クラブに入れるんだぞ」

「あいにく俺は国を捨てたんでね。全然嬉しくはないや」

「それより、君はあまり暢気《のんき》に話している暇はない。数十機を超える台湾軍機が、たぶん対艦ミサイルを積んで離陸した」

「台湾軍？」

「そうだ。どうも、敵は中国海軍ではないらしいが……」

「ええい、何てこったい……。どうすりゃあいいんだ？」

「おいおい、自分はアジアの専門家だとつい今説教したのは君だぞ。まあ、エーゲ海での海水浴もいいが、アジアの海もいいんじゃないかね？」

「その情報は何処から仕入れたんだ？」

「もちろん日本からさ。そっちには届いておらんのかね。各員一層奮励努力し、敵を撃退せよとの激励付きで」

「国連軍旗を掲げていいんだろうな？」

「旗を持ってりゃあな」

言質《げんち》は取ったぞ、メイヤめ……。斗南無はインターカムを放り出した。

「司令官、台湾軍がこちらに向かっています。さっきのトラッカーは、友軍として挨《あい》拶《さつ》しに来たわけじゃなかったようです」

「どうして台湾が？……」

「中国と組んだということじゃないんですか？　あるいはメイヤがけしかけたのかも知れない。東京から何も命令が来ない場合、どうなさるんですか？」

「こっちが聞きたいよ」

正岡海将は、途方に暮れながらも、「各艦に戦闘配置！」と命じた。

「信号伝達はブリンカーにて行い、各艦の距離を保て！」

「台湾空軍と戦う羽目になって、もしこっちが大勝して台湾の空軍力を崩壊させたら、あしたにでも中台戦争が起こる」

「どうやら、手遅れみたいですね……」

四二インチの巨大スクリーンを見つめていた浜川一佐が、トラス状マストのトップに据え付けられたＮＯＬＱ—２電子戦システムのＥＳＭレーダーのスクリーンに注目を促《うなが》した。識別不明の目標が接近して来る。超低空、レーダー電波を発していた。

脅威評価システムが直ちに反応し、目標が、ターボ・プロップ・タイプの巡航ミサイルであることを報告し、同時に警報を鳴らした。

「無線封止解除！　任すぞ、艦長」

「はい。総員対空戦闘用意！　レーダーと防空システムに火を入れろ！」

境艦長は、副官から手渡された鉄兜《てつかぶと》を被《かぶ》りながら命じた。

「艦橋へ、面舵！　コースを2―5―0に取れ！　消火班は配置に就け」

カーン！　カーン！　という総員配置を告げるアラームが鳴り響いていた。

イージス・システムの中核を成すSPY―1Dレーダーが、強力なレーダー・ビームを目標に浴びせる。

「よし、後続艦に命令。単縦陣を崩さず、対空戦闘を用意せよ！」

「そんなバカな⁉……」

正岡海将と、甘木の怒鳴り声が重なった。

水平線上、五〇キロ彼方に、ふいに船影が現れた。ESMは何も探知していなかった。護衛艦隊と同じ、恐らく無線封止下の艦隊だった。

「何者だ？」

「あっちから来たミサイルですよ」

「ミサイルは、どうも後尾の艦を狙《ねら》っているようです……」

対空戦闘士官が、トラック・ボール・アッセンブリや、キーボードを叩きながら報告する。

「後ろの連中は射程の短いシースパローしか積んでおらん。こっちで片づけるぞ」

「了解しました」

「こちらの速度が上なので、どうにか間に合います」

「よろしいですか？　司令官」

「よろしいも何も。交戦を許可する！」

艦長が交戦許可を求め、一言「撃墜せよ」と命じた。

カバーが外された発射ボタンに触れた指が、軽く押されると、後部垂直発射基ＶＬＳのセルより、スタンダードＳＭ―２ＭＲ中距離ミサイルが垂直に飛び出し、イルミネーターと俗称されるＭＫ99射撃指揮装置の攻撃追尾レーダーの誘導指令に乗って、目標へと突進してゆく。しばらくすると、ミサイルのブースターが燃焼を終え、無事に分離したのがレーダー・スクリーンに映し出された。

ミサイルは、八八艦隊の最後尾にいた防空任務艦『あさかぜ』（三八五〇トン）を狙ったものだった。

二つのミサイルが衝突し、細かな破片となってレーダーから消えてゆくと、ＣＩＣルームに、安堵《あんど》のため息が漏れた。

「『あさかぜ』艦長からクレームが来そうですな。向こうもスタンダード・ミサイルを搭載していたのに……」

「この立ち上がりの速さはイージスならではだよ。気にすることはない。それにしてもたった一発とは解せないな……」

「こっちの様子を見る腹かも知れませんね」

イージス・システムを導入した海上自衛隊は、ため息で済んだが、台湾海軍はそうは行かなかった。


ついていなかったのは、『ガンジスⅡ』が、台湾艦隊寄りで対艦ミサイルを発射したことだった。しかも、台湾海軍の艦艇が装備するESMレーダーは、日本のそれよりいささか性能が劣り、しかも、日本のイージス艦よりフネ自体が低いため、取付位置も低く、探知した時には、為《な》す術《すべ》も無かった。

探知から被弾まで、一〇秒も無かった。近接防空火器システムをウォームアップする時間は無かった。

『成功』のCICルームにいた楊提督は、その瞬間熱風を感じたような気がした。海底から、ドーン！　という突き上げるような音が響いて来る。厭《いや》な感じだった。CICルームが一瞬、水を打ったように静まり返った。

「……殺《や》られたのは、どの艦だ⁉」

「見張りは確認を急げ！　舵を切りますがよろしいですか？　提督。そうしないと背後を確認できません」

「よろしい。ただし隊列を乱すな」

「了解です。面舵！　針路1―8―0だ」

「ワッチより、報告。『正陽』のようです。艦尾に被弾の模様！」

「警戒を怠るな。第二波攻撃が来るぞ。どうする？　作戦参謀」

「はい。まもなくこちらのレーダー視界に敵艦隊が入ります。まともに渡り合って勝てる相手ではありません。しかし、敵とて、足の長い兵器は、ハープーンだけです。ハープーンの射程内に留まりつつ、航空部隊の到着を待ちましょう。ほんの二〇分の辛抱です」

「よし、解った。『雲陽』に命令。『正陽』の左舷に占位しつつ、『正陽』の消火活動に当たれ。余裕があれば、共に攻撃に参加せよと」

スクリーンに、自衛艦隊の位置が浮かび上がった。ＥＳＭによる情報で、まだこちらのレーダー波は届いていなかった。もちろん、すでにハープーン対艦ミサイルの射程内だった。

「ハープーンの発射準備を急げ！　レーダー有効範囲に入り次第、各艦二発ずつ発射。目標は、一番デカイ奴だ。二〇分持ちこたえろ。友軍が到着するまでだ！」

ほんの一〇秒前になってようやくミサイルのレーダー波をキャッチできたのが、どうにも解せないところだった。相手がハープーンなら、もっと早めに探知できていいはずだ。それに、攻撃を受けるまで、敵の捜索用レーダー波は探知していない。対潜ヘリが中継機として上がっていた形跡もない。それらの不審点が、許艦長の脳裏をよぎったが、今はそれどころではなかった。味方の仇《かたき》を取るのが第一だ。

状況を検討する間も無かった。斗南無が熊谷一尉から手渡されたヘルメットを被ろうとしているさなかに、対空レーダーがブリップで埋まり始めた。

「ミサイル目標新たに出現！　追尾中の敵艦隊方向です。目標は、明らかにハープーン・ミサイルと思われます。数は、六から……一〇、いえ一二発。上空に現れたのは、恐らく戦闘機です。レーダー・パターンからすると、F—16が数機、他はF—5のようです。数は、四機編隊が合計一〇個。まだ向こうのレーダー範囲外です」

「距離は？」

「水平距離二〇〇キロほどです。一〇分で交戦範囲に入ります！」

「こいつはどうも……、冷戦時代のソヴィエト軍より手ごわそうだぞ」

正岡海将は、はた目にも解るほど慌てていた。

「ええと、まずシースパローしか積んでいないDDを下げて、スタンダード搭載のDDGを正面に出そう」

「了解。呼び掛けてみますか？　連口に」

浜川一佐が具申した。

「それで意思の疎通が図られればいいが、向こうはもう燃えてんだろう？」

「やって見る価値はあります」

「では頼む。浜川君、台湾のフネは何発のハープーンを持っているんだ？」

「確か、ランチャーは五本だったと記憶しています」

「この上、空の連中とも戦う羽目になったら、五分でミサイルが尽きるぞ……」

ＤＤＧの二隻、『あさかぜ』と『はたかぜ』が、いちばん近い二発を受け持った。その次の三発を『こんごう』が受け持ち――それはイルミネーターの搭載数によって決定された。またその作業を繰り返し、最後の一発は、『こんごう』が自ら撃破した。全弾、『こんごう』を狙ったものだった。その時間、僅かに三分。

「このフネ、目立つからなぁ……」

甘木が他人事のようにぼやいた。中途半端なステルス化が、『こんごう』の命取りとなっていた。

浜川はＣＩＣルームから、国際船舶周波数にて呼び掛け続けたが、反応は無かった。

「斗南無君、反撃してよろしいか？　私は、戦わずして艦隊を海の藻屑《もくず》にしたくはない。とりわけ乗組員を……」

正岡の問いに、斗南無は冷たく首を振った。

「浜川一佐の情報が正しければ、台湾海軍は、もう一度ハープーンを斉射するのが精いっぱいです」

斗南無は、心まったく落ち着き払っていた。

「五〇機もの大編隊が頭上に迫りつつあるんだぞ！」

「司令官。私は、世界中で、今よりもっと複雑な状況を生き延びて来ました。今は反撃すべきではありません。空なら大丈夫です。空に対してはＥＣＭの掛かりがいい。それでしのげます。第二波攻撃に対しては、ほら、あのスクリーンにあるように、もう二〇分も粘れば、積乱雲の中に突入できる」

気象スクリーンに、分厚い積乱雲の影が映っていた。

境艦長は、すでに最善の策に移っていた。

「ＥＣＭ戦闘用意！　主砲に調整破片弾装塡、チャフ・ロケットも準備しろ！」

幸いなことは、いくつもあった。Ｆ―16戦闘機は、対艦ミサイルは装備できず、Ｆ―5Ｅ戦闘機は、マーベリックを装備するタイプがほとんどで、ハープーンの改造版である『雄風Ⅱ』型空対艦ミサイルを装備したのは、各編隊中、一機しかいなかった。

「弾幕妨害開始！」

戦闘機が、艦艇を視界に収める遥か手前で、『こんごう』は、レーダーから無線に至るまで、広範囲なジャミングを開始した。

　旧式なシステムしか搭載していないF―5Eでは、反撃のしようがなかった。しかし、レーダーを必要としないテレビ誘導のマーベリック搭載機が高度を下げ続けた。

「スモークを焚《た》きます！」

「任すぞ！」

　ファンネルから出る排気に、不純物を混ぜ、レーダーと光学系のホーミングを無効にする妨害を始めた。大戦中編み出された戦法だが、一時期廃《すた》れていた。それが、今、ほとんど最後の望みとなっていた。

　風を読み、フネと戦闘機の間にスモークが拡大するようフネを操る。

　それでも、一〇機近い、タイガー戦闘機が突っ込んで来た。

「やむを得ん。これで交戦法規はクリアされたと見る。艦長、先頭列の敵機をシースパローで迎撃してくれ」

　小型のシースパローは、遠くまでは届かないが、小さい故に、一発しか収められないスタンダード用の発射セルに、四発を収納することが出来た。

　しかし、こちらのシースパローが命中する前に、F―5E戦闘機三機が、AGM―65マーベリック・ミサイル六発の発射に成功した。

「レーダー照射ナシ！　恐らくマーベリックです」

「ジグザグ航行開始！　確実にホーミングして来る奴だけでいい。主砲で叩き落とせ。もう三分も粘れば雲の中に突っ込める」

二発が『こんごう』を目指し、四発がそれた。マーベリックは、そもそも対地攻撃用であり、動きのある艦艇向きではなかった。

オットーメララ社製五インチ砲から、対空用の調整破片弾が五斉射され、二発のミサイルをバラバラにした。

F―5Eが四機撃墜され、最後尾の『あさかぜ』が雷雲の中に逃げ込むまで、『こんごう』は戦場に踏みとどまった。

艦隊は、辛うじて無傷だった。斗南無でさえ、奇跡としか思えなかった。


『成功』は、いったん後ろへ下がって、被弾した『正陽』の右舷サイドから、消火活動を見守っていた。爆発と同時に海面に飛び込んだ連中がいるため、その救助にも当たらねばならなかった。撃墜されたF―5Eのパイロットたちが、海面を漂っていたので、その救済にも当たらねばならなかった。艦隊はやむなく停止していた。

『正陽』は、後部にミサイルが命中したため、ハープーンの発射チューブが爆発し、艦橋構造物を大方吹き飛ばしてしまっていた。

機関部は全滅。艦長を含めて、乗組員の半数は逃げ場もなく炎と煙に焼かれた。

左舷側ウイングに佇《たたず》み、『正陽』の煙を浴びる楊提督は憮然《ぶぜん》としていた。

背後の海面では、溺者《できしや》救助に当たるヘリコプターが、フラッドライトを照らして海面を嘗《な》めるようにうるさく舞っていた。上空を覆っていた戦闘機の群が発する爆音は、今では何も聴こえなかった。

第一派攻撃の失敗に懲りて、空軍は全機後退したのだった。

「せめて、レーダーを入れていれば、もう少し早くミサイルを発見できた……」

「発見できたというのと、撃墜できたというのは別問題ですよ、提督」

許艦長は、敵の次なる攻撃に備えて、ブリッジの様子に気を配りながら慰めた。今となっては、確かに無線封止が命取りだった。

「敵がＥＣＭを撃つ前、16チャンネルで、交信を求めて来たことをどう思われますか？」

「攻撃の意図は無かった……、とでも？」

「その可能性は否定できないと思います。なにしろ、たった一発だけというのは納得できない。誤って発射されたのかも知れない」

「そうかな。これまでずっとそうだったじゃないか？　掘削リグの攻撃、重慶砦への攻撃。いずれも、たった一発だけだ。生かさず殺さずの攻撃で挑発して来た。我々には、反撃能力がないと見たんじゃないのか？」

「そうでしょうか……」

「『正陽』は、後続の部隊に委《ゆだ》ねよう。これ以上我々の戦力を減らされたくはない。もう一時間ここに留まって救助活動を行い、敵の追尾に戻る」

「了解です。しかし、本国の判断を仰いだ方がいいかも知れません」

「何て言うんだね？　うっかり耳も目も塞《ふさ》いでいたせいで、フネを一隻失ったとでも？　少なくとも、敵の犠牲を確認しない内は、そんな間抜けな報告は出来んよ」

「私はＣＩＣルームへ降ります」

「うん。私はしばらく風に吹かれるよ。なんとしてもこの失点は回復せねばならん」

許艦長は、釈然としないものを感じながら、ＣＩＣルームへと向かった。どう考えても得策じゃない。日本と台湾が互いを攻撃し合って得をするのは大陸だけだ。

本当に日本の潜水艦だったのだろうか？　大陸側の自作自演劇の可能性はないだろうかと、新たな疑念がわいて来た。


楊提督は、別のことを考えていた。これまで、日本海軍のコンパクトさを尊敬して来た。台湾海軍が目指すべきは、日本の八八艦隊だと説いて来た。まさかその連中に、自分の将来をもぎ取られようとは思ってても見なかった。

南へ

シーデビルは、沖縄本島付近で、補給艦『はまな』(八一五〇トン)と接触した。『はまな』が搭載して来たMH―53『シードラゴン』ヘリと、SH―76『コマンチ』ファンティルが、弾薬セルを吊《つ》り上げて、シーデビルの後尾デッキに新たに設置されたVLSコンポーネントに次々と収めてゆく。

今回のシーデビルの最大改修ポイントが、ミサイル発射システムのVLS化だった。これにより、従来の八発収納のランチャー式では、ランチャーに収納しているミサイルを撃ち尽くせば、次弾装填《そうてん》まで最低でも七秒を要していたものが、僅《わず》か一秒で済むようになった。

ただし、シーデビルのVLSは、横幅を生かして横に長い独特の形式を取っていた。この位置にVLS発射基があることで、もし被弾誘爆しても、フネの後部が吹き飛ぶだけで済むはずだった。

メナハム・メイヤは、エアコンが効いたキャビンを出て、後部のヘリコプター着艦デッキで、フラッドライトの中で行われているその作業を見守っていた。

桜沢副長が案内役だった。

「この下のデッキに、ヘリを格納するんですが、工夫次第で、ハリアー戦闘機を四、五機ほど積めるはずです」

「何より作業空間が広いのが気に入ったね。ただ、航行中に舷縁《げんえん》に寄り掛かってビールが飲めないというのが良くない」

シーデビルは、徹底してステルス化が図られたため、そもそも舷縁はなく、たとえ外へ出られても、時速一〇〇キロを超えるスピードでは、吹き飛ばされるのがオチだった。

「乗組員が少ないのも気にかかる」

「はい、五〇〇〇トン近くもありながら、掃海艇並みの人員で済むというのが、セールス・ポイントです。軍隊は、わが国ではあまり人気がなく、慢性的な人手不足ですので」

「うん。それは解るが、国連軍活動ともなれば、手のつけられん難民連中を山ほど収容しなきゃならない。ひょっとしたら、その連中がフネを乗っ取ろうと画策するかも知れん。少なくとも、余所《よそ》で二個小隊の兵士は積んで欲しいな」

「それはちょっと、調達していただくしかないですね」

「君らはどうも国連軍活動にあまり熱心でないように見受けるんだが……」

「つい昨日まで、日本を軍事大国化させてはいけないというのが世界の論調でした。

それが途端に、常任理事国の椅子が欲しければ、国連軍に兵員を出せと言われる。我々の存在は、国内ですら歓迎されているわけではありません。人は集まらないのに、任務だけが増えていくというのが現場の実感です」

「先駆者は、誰しも異端視されるものさ」

「ミスター・ブルご自身の人生訓のように聴こえますよ」

「たとえば、サラエボ型の紛争をどう思うね。あと千年は戦えそうなほどの武器が蔓《まん》延《えん》している。たとえば、シリアが占領したおかげで静かになったレバノン。なまじ、平和的手段によることを前面に押し出したがために、手こずっているカンボジア。私はね、長年国連という混沌《こんとん》だけが取り柄の組織にいて悟ったのだよ。国際紛争を解決する唯一確実な手段は、より強力な軍隊でもって、よりスピーディーに制圧することだと。残念だが、それが世界の現実であり、人類の知的レベルだ」

「日本人は、そういう思想とは、五十年前絶縁したんです」

「ヨーロッパやアフリカの揉め事は白人に任せておけばいい。連中だって、かつては残忍な支配者として、一度は譴責《けんせき》された身分だ。日本がアジアの平定に乗り出すことを快く思わん連中がいるからといって、手をこまねいていては、アジアの問題は何も解決しない。君たちは、そろそろ自分に課せられた義務を履行《りこう》するべきだよ」

「ミスター・トナムは、特別な人間なんですか？　お二人の間には、随分と信頼関係があるようですけど」

「このフネには、奴を知っている乗組員はいないのかね？」

奴という台詞《せりふ》には、妙な親近感が込められていた。

「ええ。ヘリの機上整備員が、学校で後輩だったそうです。彼が指揮を執《と》っているんなら、我々は昼寝してて構わないとまで言ってました。もっとも、昔、彼にやりこめられた幹部連中の反応は違いましたけれど」

「そうなんだ。トナムという男が一番得意とするのは、他人を怒らせることだ。しかし、同時に彼はその人物の尊敬もかち取る。君んとこの偉いさん連中だけは例外だったようだが……、そうだな、彼は原則に生きる男だ。原則を守り抜くことに掛けて、彼より意志の強い人間は私のチームにはいない。原則の範囲内で、臨機応変に動く。だから、私は奴が好きなんだ。何しろ、国連というのは、原理原則で動く組織だからね」

「我々も彼に従わねばならないんですの？」

「そうだ。ＵＮＩＣＯＯＮが正式にスタートすれば、一兵卒に至るまで、私の原理原則に従ってもらう。今回の作戦は、このシーデビルが、ＵＮＩＣＯＯＮのフラッグ・シップとしてふさわしいかどうかを判断する試金石になる。少なくとも、日本政府はそうであって欲しいと考えているはずだ」

「七つの海を駆け巡るのであれば、せめて一万トンぐらいのサイズは必要です」

「だったら、気前のいい日本政府に造らせるさ」

「まるで、プラモデルを造らせるみたいな仰《おつしや》り方ですわね」

「アメリカがアジアから撤退してゆく裏には、その隙間《すきま》を埋めるという日本政府の暗黙の了解がある。それを解ってもらいたいな。しかし、君たち日本人というのは、皆一緒だな。この問題になると、あのトナムでさえ、私の考えに反対する。そんなに厭《いや》かね？　国際的な義務を果たすのが……」

「日本の政治家には、国際政治を語るより、まず国内問題を片づけてくれというのが、我々の本音ですからね」

「ミスター・ブル！　ブリッジへお願いします」

　スピーカーががなりたてた。

「あと、どのくらいで終わるのだ？」

「もう二ソーティすれば、セルが埋まります」

「結構。こういうことをやらせれば、日本人は実にシステマチックだな。まるでベルトコンベア上のロボットみたいに」

　エアコンの効いたブリッジへ上がると、片瀬艦長は、チャートの上に屈《かが》み込んでいた。

「第一護衛隊群が台湾海軍と接触し、交戦した模様です」

「どっちが勝った？」

「台湾海軍が、一隻被弾、まだこちらは無傷のようです。台湾空軍が波状攻撃を行いましたが、これも失敗したようです」

「たった一隻か……」

「ミスター、ゲームみたいに言わんで下さい。それに、どう考えても、我々の方が分が悪いんですから」

「なんで台湾の空軍は退いたんだ？」

「向こうにも事情があるんでしょう。一時間もロスした……。もし日本艦隊が全滅したらどうします？」

「責任を負うのは政府だろうな。なあ、ミスター・トードー」

「自分は、軍事問題の専門家ではありませんので……」

東堂は半ば口ごもり、半ば途方に暮れていた。

「わたしゃ、フネを国連に提供しますよ。何しろ、総勢二〇〇〇名近い乗組員が犠牲となっては、自衛隊は崩壊する」

「あの……、帰投を命じるわけにはいかないんですか？……」

東堂が不安げに尋ねた。

「護衛艦隊をかい？　今更引き返せんよ。台湾本土に近づくだけだ。だが望みがないわけじゃない。重慶砦に近づけば、それだけ台湾から離れられる。台湾軍にとっても、条件は厳しくなる。中国軍は問題外だからな。しかし、こっちが聞きたいね。私は所《しょ》詮《せん》現場の人間だから黙っていたが、外務省はいったい何を考えているんだ？」

「こんな事態を想定しているわけがないじゃないですか⁉　我々の頭の中にあるのは、ベレー帽を被って国連の権威と信頼で混乱を収めることです」

「ニューヨークの国連ビルで、そう主張して歩けばいい」

「収容作業終わりました」

コマンチ・ファンティルが着艦して、ローターの動きを止めた。

「よし！　満載したエクスペンダブルECMが間にあってくれることを祈ろう。速度、第一戦速へ！　すっ飛ばせ」

シーデビルは、まるでゴムで引っ張られたみたいに急加速して、補給艦に別れを告げた。


南へ向かうという考えは、護衛艦隊にしても同じだった。現状ではそれ以外のコースは考えられなかった。

誰もCICルームを離れられなかった。無線封止を解除し、戦闘がひと段落した途端、各艦から、事情説明を求める通信が入り始めた。

「どう考えても、最新鋭の艦艇を除いては、台湾軍のネックはスピードにあります。たとえ一ノットの差でも、一〇時間で一八キロも差が稼げる。私が考えるところ、台湾海軍が艦隊行動に固執すれば、おそらく一〇ノットの開きは出ます。そうすれば、ほんの二時間で、台湾の攻撃範囲外に脱出できる。しかも、台湾本土から離れるせいで、足の短いF—5Eタイガー戦闘機の戦闘行動半径から外れる」

浜川一佐が、スクリーンのトラック・ボールを自分で操りながらブリーフした。

「もし、台湾の空軍機が重慶砦に降りるとすれば、足の短さをカバー出来る」

正岡海将が単純な事実を指摘した。

「しかし、そこから出撃は出来ないでしょう」

「ではどうする？　今や我々は前門の虎《とら》に後門の狼《おおかみ》の状況だ」

「どっちがマシかという選択になります。台湾空軍機と正面切って戦うのはバカげてます。重慶砦なら、戦う必要もない。向こうは動かないんですから。さっきのように、接近する戦闘機を威嚇するだけでいい」

「国連はどうなんだね？」

「メイヤは、日本の戦力なら、敵を躱《かわ》してしのげると錯覚しています」

斗南無にも、名案は無かった。

「そいつは、空軍力があっての話だ。今は、どう考えても台湾の側に分がある」

「再び、無線封止で重慶砦に向かうしかないでしょう。国連軍旗を作ってね。中台はともかく、マレーシアの空軍戦力はある程度当てに出来る」

「二つの艦隊に、四〇〇〇名もの人間が乗っている。海上自衛隊の戦力の半分なんだぞ……」

「私がリクエストしたわけじゃない」

「さっきの君の判断は正しかった」

「結果的にはね」

結果的には、こちらは犠牲を払わずにすんだが、懸かっている人命の数を考えれば、自分は口出しすべきではなかったと後悔していた。

「私は台湾軍の装備をほとんど知らない。司令官は、私の提案を理由に反撃しなかったんでしょう?」

正岡が失笑した。

「見すかされたか。実はそうだった。反撃すべきじゃないという引っかかりがあった。無傷だったのはまったく奇跡だと言えば、厳しい訓練に励む乗組員の諸君に失礼に当たるだろうが……」

「その前に、問題をひとつ解決しなきゃならない。我々を挑発した奴がいるということとを」

「そう。間違いなくいます。潜水艦がね……」

浜川は、オペレーターにさっきの戦闘状況をスクリーンに表示させた。

「我々を最初に攻撃したミサイルは、スピードからすると明らかに巡航ミサイルでした。台湾軍は、もちろん巡航ミサイルを持ってはいない。レーダー・パターンは、明らかにソヴィエト・タイプです」

「では、中国の自作自演劇かね？」

「その可能性は低いでしょう。できればそっとしておいて欲しい南沙諸島に耳目を集める理由がない。台湾と日本を戦わせたからといって、デメリットの方が大きすぎる。かといって、ロシアはこの付近に何の利害関係もない。謎《なぞ》ですな」

「だが、巡航ミサイルを装備した潜水艦となれば、ロシアしかいないじゃないかね？その辺りを説明できん限りは、とても台湾サイドを納得させられんよ」

「実はそうなんです」

「どこかから、誰かがレンタルした可能性はあります」

斗南無が言った。

「小火器、重火器の世界では、よくあることです。アメリカ印の兵器を使う人間が、必ずしも自由主義陣営の人間じゃありませんからね。金さえ払えば潜水艦の一隻や二隻を貸し出す国はあるでしょう。たとえば朝鮮半島の某国なんかどうです?」

「あそこは潜水艦発射の巡航ミサイルは持っていない」

「それを説明するには、潜水艦を狩って首を台湾に差し出すしかないだろう」

「それなら、問題は早い。どう考えても、この海域にいるのは敵の潜水艦だけです。重慶砦を攻撃した後、この時間に我々を攻撃するには、二隻必要ですが、二隻もレンタルするのは、非効率です。だから相手はスピードを出せる原潜だと判断していい。後ろにピタリと付いている可能性はほとんどない。敵が賢明なら、我々の対潜能力は知っていますからね。恐らく重慶砦へ直進して我々を待ち伏せるでしょう」

たちどころに作戦を提示してみせた斗南無に、みんなが目を白黒させた。

「なんでお前、そう頭が回るんだ?」

甘木が不思議そうに尋ねた。

「我々はトラック、潜水艦はゲリラのジープ。場所は、まあ、どこでもいい。モザンビークでもソマリアでも。相手の動きを先読みしないと、ゲリラのアンブッシュ攻撃に遭って全滅という危ない目に何度か遭遇してきたもんでね」

「実戦経験の強みというところだな。各艦に、もう一時間走ったら、再び無線封止に入ると伝えろ。加えて、外務省も防衛庁も、まだ出勤時間に至ってないとも報せておけ。何もかんも現場に押し付けよって……」

斗南無は、熊谷一尉を捕まえてＣＩＣルームの外へ出た。

「すまないが、ちょっと電話を一本掛けたいんだ。インテルサットで国際電話を」

「はあ、なんとか手配しますが……」

「通信室から直接掛けさせてくれ」

「誰かに観られても知りませんよ」

「いいって。国連の肩書きがあるんだから」

『こんごう』の通信室で、斗南無は当直士官を追い出し、熊谷だけを監視役として受け入れ、まずニューヨークの国連本部の、メナハム・メイヤから一番遠いセクションに掛けた。そこから、マレーシアにいるはずの尋ね人の所在地を尋ねた。

「生きた心地はしなかったよ……」

「え、何がですか？」

「さっきの攻撃さ」

「随分落ち着いてらしたし、それに斗南無さんの判断は正しかったじゃないですか？」

「システムって奴は、脆弱《ぜいじゃく》さだけが目立つ。もしあそこで、射撃コンピュータのひとつでもダウンしたら、君も僕も生きちゃいなかった」

「恐いと思うことがあるんですか？」

「我々の世界では、戦場では、死への恐れが無くなったら死ぬ。いつもおびえていてこそ、生き延びられる。正直に言うが、よりによって海上自衛隊のフネの上で死ぬぐらいなら、五番街でバナナの皮を踏んづけて滑って転んで死んだ方がましだ」

勇ましい女性士官殿はケタケタ笑った。

「そんなに厭ですか？　自衛隊が」

「ああ、厭だね。この自己犠牲の精神が厭だよ。防衛庁は知らん顔で、現場に責任を押し付ける遣《や》り口は昔のままだ。現場の偉いさんは、またそれを当然のことのように受け止めて、自分がハラを切ればすむようなことを考えている。下の者の命なんざどうでもいいみたいに……。いやだいやだ。こういう日本人特有のものの考え方が俺はいちばん厭なんだよ」

「すっかりアメリカ人みたいですね」

「そうじゃない。しかし、世界が非日本人的な発想で動いていることは、日本人もそろそろ受け入れるべきだと思うよ」

マレーシアのホテルの電話番号をニューヨークが伝えてきた。さっそくそこへ掛けると、相手は心地良い睡眠のさなかだった。

「ジョニー・リーか⁉」

「……ハーバードのロー・スクールをお出になられたドクター・リーは、朝までお休みだ」

「お前、寝てんのに、良くそんだけ舌が回るな？」

「うーんと……。ポートか？」

斗南無は、名前の湊を直訳して、仲間内では〝ポート〟のニックネームで通っていた。

「目を覚ませ。人が死に掛かけているのに、寝ている場合か⁉」

「お互い、電話掛け合う時には、いつも死に掛かけてるよな。一度でいいからメイヤにそういう泣き言を言わせてみたいぜ」

「マクニールは何処《どこ》にいる？」

「知らん。奴のファルコンなら、ここのうさん臭いとあるスルタンの土地に着陸した。だが本人は乗っていなかった。ちょっと水を一杯飲ませてくれ……」

「じゃあ、奴は何処にいるんだ？」

水を飲む音が聴こえてきた。

「ええとな……。ファルコンがタイペイからこっちへ飛び立つ時には、間違いなくマクニールは機内にいた。どこかでバカンスにでも出かけたんじゃないのか？　でなきゃ、重慶砦にでも降りたんだろう。お前の方がマクニールには詳しい」

「こっちは台湾海軍と交戦状態にある」

「なんで？……」

「中国が台湾を丸め込んだんだろう。日本の戦力なんて知れている。お前さんと無駄話に興じるのもこれが最後かも知れん。マレーシア空軍の支援が必要だ。マレーシア政府に間違いなく伝えてくれ。我々は中国と対峙《たいじ》している。日本は完全にマレーシアの権益を尊重すると」

「おいおい。国連は不偏不党だぜ」

「そんな看板なんざ捨てちまったよ。マレーシアやインドネシアの、欲深いスルタン連中に説いて回ってくれ。中国が台湾軍を味方に付けたと！」

「解った、解った。ところで、メイヤは何処で遊んでいるんだ？」

「遊んでいる？　ニューヨークの本部にいるんじゃなかったのか？」

「いや、アメリカ空軍のＶＩＰ専用機にたった一人で乗り込んで雲隠れしちまったってよ」

「ご近所で高みの見物なんだろうな……」

「たぶんな。奴は何を考えているんだと思う？」

「一つ。中国の戦力を叩《たた》き潰《つぶ》し、南沙諸島の権益を保護する。二つ、マクニールから賄賂《わいろ》でも貰《もら》ったんじゃないか？　正直なところ、俺にも解らんよ。せいぜい、奴を出し抜いてひと泡吹かせてやろうぜ。台湾海軍は、どうも駆逐艦を一隻失ったらしい。連中を宥《なだ》めるのはことだ」

「ああ、いつものようにあうんの呼吸でやるさ。ここは俺の庭だ。サラエボでの借りを返すよ」

「明日、俺の乗ったフネが沈んだら、孫子の代まで化けて出てやるからな」

「お前が言うと冗談に聞こえんから参るよ」

電話を切ると、斗南無は満足げに呟《つぶや》いた。

「そうか……。マクニールは潜水艦の中か……」

「どうしてそうなんです？　重慶砦かも知れない」

「そう。いずれは、重慶砦にも現れる。だが、今はまだ潜水艦の中だ。奴はそういう男なんだよ。常に最前線にいないと気がすまないんだ。となると、ものはロシアの原潜だろう。マクニール・グループが仲介し、行き先はたぶんインドかイラン辺りだろうな。そういう男なんだよ。マクニールって奴は」

斗南無はにこにこ笑っていた。

「なんだか楽しそうですね」

「ここだけの話だが、僕は海上自衛隊の戦闘能力だけは評価している。とりわけ対潜能力は米ロも及ばない。僕がマクニールと渡り合って、奴よりまともな戦力を持った連中を味方に付けたのは初めてだからね」

「サラエボにもいらしたんですか？」

「そうそう。偵察行動中の出来事だ。マクニールが送り込んだロシア人の傭兵《ようへい》集団に町が包囲され、そのまま俺たちは取り残された。ジョニーは嫌がったがね、一軒の家に入り、女装して脱出したよ。連中は、女はレイプしてから殺すからね。にやついた兵隊が近寄って来たところを、マクニールが地元軍へ売りつけたミクロ・ウージーで片づけてやった。奴との戦いには、ほとんどルールはない。しかも、いつもこっちの分が悪かった」

「我々はどうなるんです？」

「日本政府は、君たちを見捨てた。たぶん、外務省から防衛庁に至るまで、メイヤの口車に乗せられたことを今では後悔しているだろう。しかし、悲観することはない。今日まで訓練して来たことを忠実に履行すれば、たぶん犠牲は最小限で済む。大丈夫。司令官は賢明で冷静なお人だし、僕も必死だ。マクニールの最期を見届けるまでは死ぬつもりはない」

あと半日の辛抱だ……。斗南無は、単純な計算を行った。そもそも、ミサイルの迎撃だけを考えるから効率が悪いのであって、随伴する四隻のＤＤＧ防空任務艦の対空ミサイル総数を合計すれば、台湾空軍のＦ―５Ｅ戦闘機を配備機数分の全機叩き落とせる。それで向こうを脅すしかない。それで時間を稼ぐしか……。

海南島司令部の空気は、半分沈んでおり、半分高揚していた。沈んでいる分は、台湾軍の損害が一方的だったことで、高揚している分は、何しろ日本軍と、互角に近い形で交戦できたことだった。

「レーダーが目覚めていれば、間違いなく敵のハープーンを撃墜できたはずです」

台湾海軍の郁提督のもとへは、ミサイル攻撃を受けたというだけで、それがハープーン・ミサイルだという情報は届いていなかったが、ハープーン以外には考えられなかった。

「空軍はちょっと、先行き暗いですな。何しろ、こちらで台湾版ハープーンを撃てるF―5Eは限られているし、しかも、敵はどんどん本土から離れてゆく」

「重慶砦では、間違いなく燃料を供給できます」

中国空軍の郭少将は、すでに重慶砦に、敵の正体に関する情報を送っていた。

「やはり、動き回るフネをマーベリックで攻撃するというのは無理がある。この次は、先頭の編隊を叩き落とすぐらいではすまないでしょう」

「しかし、向こうだって艦対空ミサイルを無尽蔵に持っているわけじゃない。いつかはミサイルが尽きる」

「こちらのハープーンにしても、敵艦のスタンダード・ミサイルの射程奥深くまで入ってから攻撃しないと、命中させるのは難しい。遠方から、命中させる必要のないミサイルを撃つという方法はありますが、こちらの在庫は日本の駆逐艦の在庫と似たり寄ったりで、しかも、連中はいずれ我々の意図に気付き、戦闘機そのものを狙《ねら》い撃ちし始めるでしょう。そうすれば、戦闘には勝っても空軍は全滅する。兵器システムが同じ、海軍の活躍を祈るしかない」

「無茶を言わんでくれ……。戦力的には、今では六対一七だ。しかも、防空システムは明らかに向こうの方が上で、こっちは、手持ちのハープーンが、確か六隻が積んでいるのが一八発……」

「重慶砦に近づけば、我が中国海軍の艦艇も駆けつけます。隻数では、こちらが上回る。装備の貧弱さは認めますが、今度は、砦《とりで》から飛び立つスホーイの陽動作戦も行えます」

「よほど作戦を練らないと、そちらのミサイルが、間違って我々のフネに命中する可能性もありうる」

「そういうご心配はごもっともでしょうが、中国海軍も少しは腕を上げたんですよ」

台湾側が、力無い笑顔で頷《うなず》いた。台湾と中国の間にある戦力差は、日本と台湾のそれより遥かに大きいことはあまりにも明らかだった。単に自虐的なジョークならともかく、中国軍でも開明派として知られるこの二人が、本気でそんなことを思っているとしたら、この協力関係は再考した方がいいと、二人の台湾人は思った。

南沙諸島の夜が明けた時、一〇〇隻を超える艦隊が、重慶砦へと迫っていた。中国海軍の三〇隻がいちばん近かったが、足が遅いのが悩みの種だった。

次に、自衛隊の八八艦隊×2、プラスイージス艦の一隻。それを追う台湾海軍の六隻、マレーシア海軍、インドネシア海軍は、南から迫っていた。とりわけインドネシア海軍のヴァン・スペイク級は、ハープーン・ミサイルを積む最新鋭艦だった。


重慶砦は、静けさの中で朝を迎えた。台湾軍が味方に付いたことは伝わっていたが、まだ滑走路に降りて来た台湾軍機はいなかった。

率直なところ、張大佐は、たいして当てにしているわけでもなかった。それより、台湾がこのチャンスに乗じて、重慶砦を乗っ取るのではないかとの不安の方が大きかった。

大佐は、ジープに乗って交代で食事を摂《と》る陣地を回り、一人一人激励して回った。各部隊の小隊長とは、必ず最低一分は話すよう心がけた。

敵の姿が見えないのが、兵士には一番応《こた》えている様子だった。

上空には、常時ベリエフかスホーイが舞っていた。この辺りの深度は、せいぜい二〇〇メートルかそこいらで、少なくとも日中、巨大な潜水艦が現れれば、かなりの確率で、上空から視覚によって発見できるはずだった。晴れている時に限られはしたが……。

滑走路の脇には、応急復旧用の鉄製の応急マットレスが積んである。クロタル対空ミサイルは、まだ四基とも稼働している。ただし、この調子だと、食糧はあと三日、発電用燃料は四日もつかどうか危ういところだった。

張大佐は、李中佐が移動した北東のトーチカへと向かい、副官を塹壕《ざんごう》の中に残して通信ラインを確保してから、薄暗く、ジメジメしたトーチカに入った。

幸い、朝日が差し込むせいで、室内は思ったより明るく見えた。兵士たちは、半分は配置に就き、半分は塹壕に出て朝食を摂り、タバコをふかしていた。

「トーチカってのは、死臭や糞尿《ふんにょう》が溜まってひどいところだと思っていたがね……」

「そういうのは、士気を著しく下げるんですよ」

李中佐は、コーヒーのカップを持ちながら、二〇ミリ機関砲の砲身の陰から答えた。

「さてと、私もちょっと外の空気を吸わせて貰いますか」

二人は、連れだって鉄扉《てつぴ》を開け、塹壕に出ると、更に二メートルのラダーを昇って地上に出た。

「ちょっと座ろうじゃないか」

張大佐は、ジープのシートに李中佐を座らせた。トーチカの中は、弾薬箱の他は、延焼を防ぐ目的で、たいしたものは置かれてなく、指揮官用のゴツゴツしたサマーベッドがある程度だった。

「いや、まるで天国の椅子みたいですな……」

李中佐は自分の腰をいたわりながら、助手席にゆっくりと腰を下ろした。

「眠ったかね？」

「ええ、二、三時間はうたた寝しましたよ。本当に日本が敵なら、なかなかうまい戦術ですな。これで我が艦隊が到着したら、一隻ずつ血祭に上げるんでしょうな」

「ああ、昼過ぎには、海南島の部隊が到着すると聞いている。一隻残らず海の藻屑《もくず》だろうな。それまで、台湾海軍のS―2T対潜哨戒《しょうかい》機が来る予定になっているが」

「昨日より雲が増えましたね……」

李は、上空を仰ぎ見て呟いた。

「ああ、空軍部隊の行動が制約される。さっき金少佐と話したが、だいぶ天気を気にしていたよ」

「大佐殿に目算はおありですか？」

「夕方までに、我が海軍が全滅した後、恐らく夜半まで艦砲射撃があるだろう。もし弾薬庫に火が回ればそれまでだ。島は吹き飛ぶ。我々がいた痕跡《こんせき》を全て消し去り……。目算なんかありはしないよ。イーグル・ストライクの性能は知れているし、敵はクロタルの射程外に観測機を上げて弾着修正も出来る。幸い、トーチカと塹壕は強固だ。四、いてくれるよ」

五〇人も生き残ればいいさ。この犠牲を無駄にすまいと決意し、再び行動する人々が
「浮かない顔ですね……」

張大佐は、一瞬朝日を仰ぎ見て小声で言った。

「アホらしくなった……」

「おやまあ……、ここは貴方が心血を注いで築いた砦なのに」

「以前、呉将軍とこの計画を始めた時に、じっくり話し合ったことがある。酒が入っていたんで、つい本音が出たんだろうが……。はっきり言って、バカバカしいお城だと言っておられた。日本のようにあり余るほどの金がある国が岩礁を補強するというのならまだしも、我々のように、国内経済の立て直しでそれどころじゃない連中がやるべきお遊びじゃないと言っておられた。これだけの金を掛けて砦を築くような余裕と知恵があれば、我々はＡＳＥＡＮ諸国ともっと平和裡《り》に協定を結び、この海域を共同開発できる。我々にろくな採掘技術がない以上、その方が合理的だとね」

「しかし、それでは我々は豊富な資源が眠る領土を手放す結果になる。それは得策じゃありませんよ」

「そうかな？　それを守るだけの戦力があるというならまだしも、現に日本や台湾どころか、ＡＳＥＡＮの方がまともな海空軍力を持っている。南沙諸島の占有を決めた

のは、所詮党の偉いさん連中で、そういった連中は、ミリタリー・バランスの数字だけを見て、我が海軍は五〇隻もの潜水艦を持っておるとかホラを吹くんだ。我々が資源を必要としているのは、明日であって、海軍力が整備される三十年後じゃない。党が本当に共産主義の未来を考えるなら、明日のエネルギーをどうするか考えて欲しいものだよ。インドネシアやブルネイまで敵に回してやっていけるわけがないじゃないか。ロシアからだって石油は買える」

「で、我々が党と祖国のために華々しく死んだ後はどうなるんです？」

「つまり、我々の死は無駄ではないと考えることだ。少なくとも、党は教訓を得るだろう。我々の軍事力がいかに頼りにならず、武力による解決がいかにバカげていたか。呉将軍は言っていたよ。これは、中越紛争後、我々が払う最も高い授業料になるだろうとね」

「大佐。私の二〇〇名近い部下の内、一〇〇名が一人っ子です。五〇名が長男。五〇名が妻帯者。そういうことなら、私は真っ先に死なせて貰います。遺族に向かって、我々は資本主義国に授業料を支払っただなんて言えませんからね」

張大佐は、憮然《ぶぜん》とした表情でマールボロをくわえると、火をつけながら殺風景な基地を見渡した。

「……君は、何をやりたかった？」

「そうですね……。自分は、ただの肉弾野郎です。最高の装備で武装した最高に訓練されたコマンド部隊を作って、中国に李部隊アリと台湾の連中に言わせたかった。単純な夢ですよ。そういう大佐殿の夢は何でした？」

「私は、どちらかというと、戦術屋だからな、世界中の軍事大学を巡って、各国独自の戦術を研究して歩くのが夢だった」

副官が、トランシーバーで管制塔と話していた。

「大佐殿、ベリエフからの報告です。基地の北西、三〇〇キロに、海南島海軍の艦艇二〇隻を確認したそうです。速度はおよそ二〇ノットと報告しています」

「了解、私の名前で歓迎のメッセージを流してくれ。ただし、付近には潜水艦が潜んでいるので、警戒を怠るなともな」

「了解しました」

李中佐は、あくびをかきながらジープを降りた。張大佐は、胸のポケットから、マールボロをひと箱取り出して中佐に手渡した。

「部下に分けてくれ」

「ありがとうございます。ご武運を、大佐」

「うん。君もな」

敬礼を交わす二人は、しかしどちらもサバサバした表情だった。

張大佐は、それから海軍の守備隊に、昨夜沈没した警備艇から、可能な限りの武器弾薬を回収するよう命じた。

機関砲の回収は無理でも、水密ケーシングに入った弾薬ぐらいは回収したかった。それだけでも、貴重な戦力になるはずだった。

胡邦国は、中南海を出て北京の各国大使館を巡り歩いていた。アメリカ大使は、都合が付かないことを理由に断られた。マレーシアやインドネシア大使との会談は一分で終わった。それぞれが、自分たちの南沙諸島に関する主張を述べただけだった。日本大使は、本国帰国中で、大使館は、大使不在を理由に接触を断ってきた。胡は途方に暮れていた。ここ北京では、誰ひとり彼の味方になって動いてくれる者はいなかった。みんなが、自分のポジションと党の利益を都合良く使い分けていた。このダブル・スタンダードを器用に使い分けた者のみが、中南海で要人として生き延びることが出来るのだ。

党のために経済発展は必要という傍《かたわ》らで、市場経済の行き過ぎは困ると主張する奇妙な連中が北京を闊歩《かっぽ》していた。資本主義者からきっちりリベートを貫いながら、時々思い出したように、毛語録をもって彼らの首を絞め、「綱紀粛正」だと喚《わめ》くのも連中だった。

胡は、五二階建ての京広新世界飯店の高層レストランに入った。そこで、とある日本人が、北京の実業界の面々と昼食を摂ることを教えてくれたのは、その昼食会の出席者の一人だった。そこには、日本の大使館関係者も出席しているとのことだった。

胡が良く見知った連中が、三人列席していた。党の頑迷《がんめい》さに嫌気が差し、さっさとビジネス界へ転じた人々だった。

胡は、努めて明るく振る舞った。

「おや！　これは同志諸君。お久しぶりじゃないか。それにこちらは、小宮教授ではいらっしゃいませんか？」

その座で一番若い日本人が、小宮と呼ばれた顎髭《あごひげ》を生やした先生に、小声で何かを話しかけた。

「ひょっとして大使館の方ですかな。自分は胡邦国と申します」

事情を知らぬボーイが椅子を持って来た。

大使館関係者の表情がさっと変わった。

「お邪魔してよろしいですかな？」

「私は構いませんよ」

教授が北京語で答えると、外交官が立ち上がった。

「よろしければご一緒にいかがですか？」

「申し訳ありませんが、ミスター胡、我々にはその、何と言うか……、現在禁足令が出ておりまして、北京政府関係者との接触は避けるよう命じられております」

「だが、この先二年も三年も、日中が関わりなく過ごして行けるわけでもあるまい？」

胡は一瞬厳しく詰め寄った。

「とにかく、私は失礼します」

外交官は、更に教授に何事かを囁《ささや》いて席をたった。

「では、我々もビジネスに帰らせていただこう。胡同志、いずれゆっくりな」

胡を招いた人物は、ほんのちょっとウインクして皆を促した。

一〇人掛けの丸テーブルで、胡は小宮教授の隣に掛けた。

小宮昇教授は、外務省の中国課から、学究に転じた中国問題のスペシャリストで、彼の意見がもっぱら日本の対中政策に登用されるというのが、北京筋の見方で、半分はその通りだった。

「今の男は、大使館の新任参事官でね、私に二つのことを囁いた。まず、ここにはテーブル一席に付き、一個の盗聴器があること。第二に、会談が終わったら、速やかに大使館に帰って報告してくれと」

「盗聴器があるのは、幸いです。速記録を頼まずにすむ」

教授は、自分の顎髭に埋もれそうになりながら、肩を震わせて笑った。

「そのジョークは五年は使える。メモしておこう」

小宮教授は、言うなりメモ帳を取り出して、それを英語でメモした。

胡は、とうてい笑える気分じゃなかった。

「何が起こっているか知っていますか？　いや、これはそもそも貴方が考えたことなのですか？」

「南沙諸島から中国を追い出すために、日本が軍事力を南方に展開するという話かね？　我々はまだそれほど傲慢《ごうまん》じゃないよ」

暢気《のんき》な調子で答える日本人の右手を、胡は憤《いきどお》った調子で押さえた。

「教授！　私は苦境に立たされています！」

「君はいつもそうだ。しかし、いつも必ず蘇《よみがえ》ったじゃないか？　誰かさんみたいに」

「我々には時間がないんです。ご老体みたいに、生きたり死んだりを繰り返している暇はない」

「中国の覇権主義と、軍事力の拡大をアジア各国は恐れている」

「そんなこと！　アメリカが兵器売りたさに振りまいたデマに過ぎないってことは先生が一番良くご存じじゃないですか？　アメリカは、ＡＳＥＡＮに行っては、中国の海空軍力増大を説き、中国韓国に行っては、日本は必ず軍事大国になると火を付けて回っている。貴方みたいな賢明な方が――」

「だが、同志。君たちは、新領土法の制定で、はしなくも覇権主義を露骨に見せたじゃないか？　尖閣《せんかく》列島だけならまだしも、南沙諸島まで領土に組み入れて、アジアを刺激した」

「そうしなければ、後々問題になった時、我々のよって立つ論拠が疑われるからですよ。現に、尖閣列島問題の棚上げは変更なしと、我々は表明したじゃないですか？」

「重慶砦の構築は、明らかにやり過ぎだった」

「そうなんですか？……。それで日本は、ＡＳＥＡＮの尻馬《しりうま》に乗せられて……」

「そうじゃないよ。本来、これはＡＳＥＡＮや対中国の問題ではなく、日本にとっては対国連の問題なのだ。国運の安保理の印象を、つまり中国を除いてという意味になるが、それらの印象を良くして常任安保理入りするための、単なる汚れ仕事だ。外務省の認識はたぶんその程度だったろうと思う」

「私は台湾を説得して、向こうの軍事力の協力を取り付けました。貴方がたは、その台湾ですら攻撃した――」

「いやいや、台湾海軍が護衛艦隊の近くで被弾し、我々が台湾海軍から報復攻撃を受けたということは聞いた。日本が台湾と戦争するメリットなんかあるわけないじゃないか？」

「では、この騒動は何なのですか？」

「ふん……」

教授は、まるで講義でも始めるかのように、姿勢を正して喋《しやべ》り始めた。

「……私は、二つのジレンマがあると思っている。第一は、アメリカのジレンマだ。知っての通り、アメリカは不況に陥るとモンロー主義に回帰する。ワシントンを始めとしたアメリカ全体の意向は、アジアからの全面的撤退に他ならない。フィリピンはその第一歩だ。ところが、これに反対する勢力として軍産複合体が存在する。何しろ、日本に駐留する部隊はタダ同然、韓国駐留もかなりの部分を韓国政府が援助する。そういう部分においては、用心棒代をせしめられる地域には、なるべく留まっていたいという考えが軍部にはある。彼らが必要とするのは、このアジアに一定の緊張要因が存在することだ。そのアメリカ内部での争いは、そっくり国連にまで持ち込まれている。私の見るところ、常備軍を創《つく》りたい国連は、アメリカ主導は嫌うにせよ、当面はアメリカの軍産複合体の協力を必要としている。この点において、両者の利害はかなり一致している。

そしてもう一点、日本の対中国戦略。長らく我々には、チャイナ・コンプレックスがあり、君たちはそれを巧みに利用して来た。米中接近後の二十有余年は、まさにアメリカと日本が、中国という老獪《ろうかい》な戦略家の掌《てのひら》の上で踊らされた時代だった」

「そう後悔するのであれば、先生にもだいぶ責任はある」

「そう。僕自身、いくつか後悔する部分がある。しかし、ここへ来て、日本にも新しい世代が現れた。天安門事件以降の中国の在り方をじっと見詰めている彼らは、二つの疑問を抱き始めた。第一に、あるいは、中国は、共産党独裁下において、世界で初めて経済発展を成し遂げるかも知れないという恐れを抱くようになった。第二に、歴史的に見て、中国は決して拡張主義的な民族とは言えないが、しかし共産党支配下においては、その伝統も変節するのではないか？　とりわけ、南沙諸島を巡る問題では、中国は覇権主義を明確にした。その二つの疑問点から、彼らは、将来アジアの包括的安全保障の枠組みを構築する段に、共産中国が主導権を握るのではないかとの結論を導いたのだ。それは、日本人としては受け入れられないことだ」

「それは、日本の覇権主義ではないのですか？」

「いや、正確に言えば、資本主義者による覇権主義で、どちらかと言えば、こちらの方が共産主義者より受け入れやすい」

「それがアジアの総意ですか？　中国より日本を受け入れるという……」

「まだそこまでは行っておらんよ。いずれも受け入れ易い選択ではない。日本には、まだリーダーたる資格も意志もない。だが一方、中国の覇権主義には対抗せねばならないというのは、たぶんアジアの暗黙の了解だろう。君らの経済発展のペースは、我々の驚きを通り越して、不気味な脅威となりつつある」

「先生のアドバイスは……」

「重慶砦を放棄したまえ。共産中国が、あの海域の制圧に固執すれば、わが国のナショナリズムも刺激する。南沙諸島は日本や韓国のオイル・ロードでもある。海面に浮かぶ孤島は、恒久的な軍事基地たりえないというのが防衛庁の判断だろうが、そうは認めたがらない連中もきっと出てくる。重慶砦は、アジアに緊張要因をもたらした。関係各国の更なる武装化を推し進めるだけで、残念ながら、そのスピードは中国の経済発展よりすさまじいのだ。その現実を中南海の諸君に認識させることだな」

「南沙諸島に、軍事基地を作っているのは我々だけじゃない。マレーシアやインドネシアだって、軍用機が離着陸できるような滑走路だけの島を持っているんですよ」

「中国へ皆の耳目が集中するよう、シナリオを書いた人物がどこかにいた。そういうことじゃないのかね？」

「日本政府には、先生はどうアドバイスなさるのですか？」

「私は、深入りするなと言って東京を飛び立った。が、結果はご覧の通りでね、政府に、誰が指揮を執っているんだと尋ねても、国連の指揮下にあるとしか答えは返ってこない。どうも、現に外務省は自衛隊の戦力を全て国連に委ねたらしい」

「そんなこと⁉　中国は常任理事国なんですよ。我々が知らないところで、そんな勝手なことが行われるなんて……」

「しかし、中国が国連の全てを把握しているわけじゃない。重慶砦を守り切る自信が無ければ、潔く撤退することだ。それで君たちが経験を得れば、アジアも納得するだろう」

「私は経済屋です。儲《もう》けの出ないビジネスはやらない。だが、今度ばかりは退くわけにはいかんのです」

「これが、第二の天安門事件にならないことを祈るよ」

胡は、毅然《きぜん》として立ち上がった。

「我々は、あの動乱から多くを学びました。あのような失敗は二度と繰り返さない」

「また、君と会えるかな?」

「もちろんです。でなければ、私はこの骨を重慶砦に埋めます」

まだ望みはある……。こちらの艦隊は間もなく重慶砦に到着するし、台湾軍は、何と言っても切り札だ。

胡は、長年軍部とは対立する側だった。その軍隊を頼らねばならないのは腹立たしいところだが、たとえ兵士の死体を積み重ねて島を守ることになっても、重慶砦を守り切るつもりだった。

重慶砦沖海戦

ランディ・マクニールは、昼の定時連絡を、重慶砦の岩礁地帯から、北へ一〇〇キロほどのポイントで受けた。その海域の最深部は、僅《わず》かに三〇〇メートルで、潜水艦行動が制限される海域だった。

その深さで、原潜がスピードを出すと、うっかり潜舵《せんだ》が曲がっただけで、回復する間もなく海底に突っ込んでしまうのだ。

『ガンジスII』は、マクニール・グループのニューヨーク支局からの通信を傍受するため、いったん深度五〇メートルまで浮上すると、ただちに深度二五〇メートルの、層深と呼ばれる、音の屈折率が複雑になる層まで潜った。速度は二ノット、ほとんど舵《かじ》は利かない状態だが、その分、自艦が立てる音は静かで、また聴こえる外部の音もクリアだった。

マクニールは、士官公室で、艦長と副長を前に状況を説明した。テーブルの上には、重慶砦周辺のチャートが載っていたが、僅か二日、三日の酷使で、地図はかなり皺《しわ》だらけになっていた。

「台湾艦艇向けに撃ったミサイルは命中、一隻を完全に撃破した。日本艦艇を狙《ねら》ったものは、イージス艦によって迎撃された。台湾海軍は、合計一二発のハープーン・ミサイルを日本艦隊に浴びせたものの、全弾迎撃された模様。五〇機からなる台湾空軍も攻撃に加わったが、これも失敗。日本艦隊は無傷。我々の目論見どおりの展開になった」

「たいしたもんだ！」

カーター少佐が、匂《にお》いのきついダンヒルの葉巻をくわえながら賞賛した。

「一二発ものハープーンを喰《く》らって全く被弾しないってのは奇跡に近い」

「だが、イージス艦がいるんだろう？」

「いやいや、俺もイージス艦に乗ったことがあるが、同時に何発ものミサイルを迎撃できるなんてのは、メーカーの誇大広告でね、現実には、一発でも撃墜できれば拍手喝采《かっさい》だよ。所詮《しょせん》、テクノロジーってのはその程度のもんさ」

「私も同感だ。いかなイージス・システムといえども、システムは万能じゃない。撃墜できたのは奇跡だと思う」

ノヴィコフ艦長は、ちょっとおびえているように見えた。

「だが同時に、こんな連中と一戦交えるぐらいなら、ピストルで武装して重慶砦に敵前上陸した方がましな気もするな」

「日本艦隊は、戦艦や空母を持っているわけじゃない」

「潜水艦を狩るのに、空母や戦艦は要らない。対潜ヘリと駆逐艦さえいれば十分で、その点において日本は、もっともトータル・バランスに優れた艦隊を保有している」

「それ以上に、ノヴィコフ艦長はベテランじゃないですか。アッバード副長の意見は」

「私は……。そうですね。正直なところを言うと、見てみたい。世界最高のハンター・キラーの名手が、どんな戦術で潜水艦を狩るのか」

「君までそんなことを……。もし逃げ切れなかったらどうするんだ？」

「艦長の才能と、このフネの性能に賭《か》けます。それだけの価値はある敵だと思います。国へ帰っても、こんなに練度の高い敵と巡り合えるチャンスはまずありませんからね。私だけでなく、部下たちにも、先進国のハンター・キラーがどんな風に展開されるか、経験を積ませるいいチャンスです」

「魚雷がない。巡航ミサイルを含めてもほんの二〇本しか積んでいないし、すでに五本を使いきった」

「もう二、三本をこの哀れな連中相手に使うとして、残りをマッチポンプ用に取っておけばいいでしょう。イージス艦さえ沈めれば、台湾海軍だって、日本艦隊相手に互角の勝負ができる」

　その哀れな海南島艦隊は、重慶砦にあと一〇〇キロと迫っていた。『ガンジスII』の西方五〇キロの海域だった。

「問題の日本艦隊は、重慶砦の北東三〇〇キロに接近中で――」

「どうしてこんなことが解るんだね？」

「アメリカの偵察衛星です。万能じゃありませんがね。雲の下に隠れれば、おおよその可視光偵察衛星をごまかせる」

「どうして、アメリカが君に情報を流すんだね？」

「彼らが、紛争を必要としているからです。それに、我々が兵器をバック・マージン付きで売り歩いているのは、こういう時、恩返しして貰うためでもありますから」

「ただ、雲が出ているのが心配だな……」

かなり雲底の低い積乱雲がところどころ発達していた。マクニールのお遊びには、好都合だったが、中国軍の哨戒《しょうかい》活動には障害になるはずだった。

「ここまで接近すれば、もう中国は発見しているはずだが……」

「戦力が整わないうちに交戦しても、台湾軍の二の舞ですからね、少なくとも、水上艦艇の到着を待つんじゃないですか」

「とすると、我々はもっと東に寄った方がいい」

「そう。今度は、我々はＥＳＭ兵器を台湾と中国に売れますよ。より遠くでミサイルを発見するためにね。そしてそれを撃墜するための近接防空火器システムも。台湾空軍には、ハープーンより安いエグゾセ・ミサイルを売り込める。幸いにしてフランスは、武器輸出問題では中国より節操がないですからな」

「アメリカは、台湾にイージス・システムを売るかな……」

カーター少佐は、マクニール・グループの社員であると同時に、アメリカの兵器メーカーのいくつかのコンサルタントも務めていた。

「ブルネイみたいな成金国を狙った方がいいな。連中も、こんな目と鼻の先で派手な海戦をやられては、警備艇だけでは心許《こころもと》ないと思うさ。現にブルネイも南沙諸島の領有を宣言しているんだからな。まったく、こんなにおいしいところは、往時のレバノン周辺諸国以来だよ」

二人の夢は膨《ふく》らむ一方だった。確実なことは、それが決してバブルで終わらないことだった。フランスのメーカーは、香港《ホンコン》行きの一番早い便に、それぞれ中国、台湾チームを結成してビジネスに動いていたし、アメリカでは、すでにペンタゴンのアセスメント・チームの活動が始まっており、各メーカーを代表するロビイストたちが、台湾への一層の武器援助の拡大を訴える手紙をせっせと認めていた。

ロシアは、北京《ペキン》の国防省で、自国製兵器が活躍する朗報を待ちわびていたし、中国にしてからが、胡の知らないところで、兵器メーカーの代表が、より安い兵器の浸透を狙って、係争中のはずのＡＳＥＡＮ各国に散って行った。

ベリエフ飛行艇が、水平線ぎりぎりに姿を現した段階で、日本艦隊の無線封止は解除となった。天気は、雲が六分で空が四分というところだった。二、三〇分置きにスコールに突入し、その度に視界を奪った。

更に悪いことに、イージス艦の対空レーダーすらが、スコールの障害を受けるようになっていた。何しろ、雨とはいえ、その正体は単なる水に過ぎない。レーダー波が海中を透過できないのとまったく同じ理由で、時折レーダー・スクリーンが真っ白になった。

ただ、スコールの雨雲自体が、日本を覆う低気圧のように、切れ目無く続いているわけではないので、距離を取った各護衛艦が、互いのグレーゾーンをカバーし合うことが出来た。

ベリエフは、スホーイの護衛を伴い、二、三〇分置きに姿を現した。四〇キロほどに接近した時、『こんごう』はスホーイ戦闘機に、イルミネーターの追尾レーダーを浴びせて、暗に接近するなど警告した。追尾レーダーで照準を合わせることは、国際法上、宣戦布告をするに等しい行為とされていた。

幸い、中国軍機は、それ以来接近を諦《あきら》めた様子だった。

斗南無は、『こんごう』のヘリコプター着艦デッキに佇《たたず》み、八八艦隊の第一護衛隊群から、SH—60Jシーホークや、それよりひと世代古いHSS—2Bシーキング対潜ヘリコプターが飛び立つのを見守っていた。艦隊の速度は、二〇ノットに落ちていた。それ以上のスピードを出すと、自艦が発する騒音で、潜水艦の音も、魚雷が接近する音も拾えなくなるのだ。

トラブルに備えて、『こんごう』に着艦したままのUH—60J救難ヘリのコクピットには、パイロットが座ったままだった。

対潜ヘリは、いずれも艦隊の西側には、ほんの一〇キロ展開するだけで、それより西側へ展開する必要がある場合は、艦隊そのものが移動することになっていた。

境艦長が、炭酸飲料が入った紙コップを持ってふらりと現れた。監視役の熊谷一尉が、慌てて姿勢を正した。

艦長は、ふと思い出したように熊谷一尉に話しかけた。

「ああ、そういえばここんとこ忙しくて忘れていたが、実はお父様から、適当な相手を見つけてくれって言われたんだが……」

「はあ?……」

「いやまあ、しかし本人もひょっとしたら意中の人間もいるだろうからって、一応は断ったんだがね」

「彼女なら、まったくのフリーです。いい男を紹介してやって下さい」

斗南無が言った。

「よして下さいよ、斗南無さん。断れなくなるじゃないですか……」

「いいじゃないか。独りきりの人生なんて、退屈だぜ」

斗南無は、VLSのセルの上に腰を下ろしたまま答えた。一応戦闘配置中であり、人間がいていい場所ではなかった。もとより、艦長がCICルームを離れるなどもってのほかだった。

ミサイルの爆風は浴びるし、追尾レーダーの真下なので、健康にいいとも言えなかった。

「そういう君は、どうなんだね？　生徒部時代も、ストイックな生徒だったらしいが」

「あの頃は、真面目だったんですよ。今はもう諦めました。年の三分の二は、砂漠かジャングルか、瓦礫《がれき》の中で過ごす。私の家族は、あんまり幸せにはなれないと思うんでね」

「何のために？　国連の理想は評価するが、世界の平和のためにという気負いは君からは感じられない」

斗南無は、はにかむように笑った。

「仕事ですよ、単なる。それに、スリルが病《や》みつきになった」

「日本の選択は正しかったのかね？」

「みんなが国連に幻想を抱いているのは不幸なことです。聞いたこともないアフリカの辺地に行って、現地を平定してこいなんて、無理ですよ。それは日本人だからってことじゃなく、人間はそんなに聖人君子にはなれないんだから。それに、国際社会で、崇高な義務を果たすようになれば、世界に対してやがてそれに見合う尊敬を欲求するようになる。世界中に尊敬を強要して歩く日本人なんて不気味ですよ」

「確かにそうだな」

「結局のところ、日本は中国の隆盛を恐れている。そういうことじゃないんですか？この問題に関しては、国連の要請といいながら、日本は国連の名を借りて、中国に一発喰らわせようとしている」

「たぶんそうなんだろうな」

またスコールの雨雲が近づいて来た。

「船務科班長、見合いの件は考えておいてくれよ。君を巡って艦内で血の雨を降らせたくはないからな」

「ああ、はい。一生独身でいるつもりはありませんから」

熊谷一尉は不承不承頷《うなず》いた。艦長が去ってゆくと、風が変わった。なま暖かい南洋の風が、スコールの前触れを告げる、寒いほどの強風に変わった。

「昨日は、恐いって言ってらっしゃいましたよね？」

「恐いと、スリルは紙一重の差だからね」

「本当の動機は何ですか?」

「僕はそれほど特殊な人間じゃない。世界中の紛争地を駆け巡る度に、必ず旅先で顔を合わせる日本人カメラマンが二、三人はいる。そういう連中に動機を尋ねても無駄なことだよ。強いて言えば、そこには、ダイナミズムがある。人間の生と死の、変化する国家の、ダイナミズムがね。その瞬間に立ち会える」

雨がパラパラ降り始め、たちまち滝のような豪雨に変わってデッキを叩き始めた。

二人は、慌てて艦内に逃げ込んだ。束の間の平和だった。


メナハム・メイヤは、シーデビルのヘリコプター格納甲板で、コマンチ・ファンテイルのクルーを謁見《えっけん》した。

皆整備作業中で、そこいら中油だらけだった。

機長の荒川道男三佐が、クルーを紹介した。

「こちらが副操縦士の水沢亜希子一等海上保安士です。コースト・ガードの人間が乗っている理由はお聞きになられました?」

「うん。建造費はコースト・ガードからも出ており、なおその任務の大部分はコースト・ガードの領分だとかいう話は聞いた」

「そしてこちらが、副操縦士の恋人である——、ああいや機上整備員の脇村賢悟一曹です」

　脇村は、そのジョークににこりともせず、敬礼を捧げた。

「ひょっとして君かね？　トナムの後輩というのは？」

「はい。学校で、二年後輩になります」

「あいつの知り合いにまともに敬礼できる人間がいたとは驚きだ。和気あいあいでたいへん結構。このヘリは何が出来るんだね、機長」

「マルチ・ミッション・ヘリです。対潜、対艦、対空、対戦車、もちろんレスキュー・ミッションも可能です」

「どうして一機しかいない？」

「第一は、予算上の制約で、これがほとんどの理由でしょう。第二は、このコマンチ・ファンティル自体実験機の性格が強いので、多数装備できないせいです」

「砂漠やジャングルでも行動できるかね？」

「残念ながら、そのような状況は考慮しておりませんが、降灰地下で活動するために、より強力なエンジン・フィルターは装備可能です」

「では、これから世界中の気象状況を考慮したまえ。君たちは南米やアフリカにも出て行ってもらうことになる」

「命令とあらば」

「結構」

　メイヤが風のような速さで次のデッキへ去って行くと、機付き長の松岡曹長が、「や
「やれやれ」と漏らした。

「海保に帰った方がいいんじゃないか？　アッちゃん」

「えー、どうしてですか、親父さん？」

「砂漠だの、ジャングルだの、女の子が行くようなところじゃないよ。俺だって女房子供がいるんだぜ」

　亜希子は、物欲しげに脇村を見つめた。

「俺、このフネが気に入っているんだけどな」

「あたしも、コマンチ好きだしぃ……」

「付き合ってらんねぇや」

　機付き長は呆《あき》れて仕事に帰った。艦が新たに装備したシステムとの同調作業をやっている最中だったのだ。

「それより、脇村。斗南無って人間はそんなに無茶な奴だったのか？」

「いえ、普通の人でしたよ。ちょっとピューリタン的な部分はありましたけど。リンチは、本当にあの人嫌ってましたね。ただ、なんとなく解りますよ。あの人が仕事に全力投球するようになった時の性格っていうのが……」

「さてと、親父さん。そろそろ片づけて、ちょっと慣らし運転しましょうよ」

「解った。天気はどうだい？」

「まあまあですね」

「雷とか出なきゃいいがな。帯電すればデータが台無しになる」

「ええ、気を付けて飛びます」

　雑然とした機体の周りが片づけられて、コマンチ・ファンティルが飛行甲板に姿を現すと、整備は完了だった。

　メイヤは、ブリッジで、ファンティルが頭上でアクロバット飛行する様を見物していた。シーデビルのブリッジは、これまでメイヤが搭乗した、いかなる軍艦、豪華客船のブリッジよりシンプルで、先進的だった。

　左端の司令官のシートに身を沈めていると、ネルソン提督にでもなった気分に浸《ひた》れた。

「艦長、重慶砦には、いつ頃着けるんだね？」

「恐らく、太陽が落ちた直後でしょう」

「ひとつ、日本人に尋ねたいんだが、米軍はアジアから撤退すると思うかね？」

「短期の問題としてはノーです。極東アジアには不安定要因が多すぎるし、アメリカにとっては居心地が良すぎる。長期の問題としてはイエスです。何事にも変化は起こりうる。アメリカに代わり、アジアに軍事力を展開する勢力が現れるか、包括的な安全保障策が講じられれば、アメリカがいる必要はないでしょう。日本と違って、アメリカはいったん決断すれば、行動に移すのは早いですからね」

「その隙間《すきま》を日本が埋めればいい」

「本気で仰《おつしや》っているんですか？」

「もちろんさ。他の誰より受け入れ易い。少なくともアメリカにとってはな」

「非白人が世界でリーダーシップをとる事には感情的な反対もあるでしょう。ミスター・メイヤはフランス人とお聞きしましたが？」

「国籍はな。産まれはエチオピアだ。小さい頃は、黒いユダヤ人と呼ばれたよ。それはともかく、私はドライな考えを持つ人間でな、アメリカの利益は、世界にとっても利益となりうる。そう思わないかね？」

「アングロ・サクソンと組むのがいちばん賢明な選択であることには同意します。しかし、日本人は、何事も行動の遅い民族でしてね、会社以外では。どの道、それは物理的に不可能です。自衛隊は人手不足で苦しんでおり、これ以上部隊を増やせる状況にはありません。人を雇う金はあってもね」

「そこだよ、私が日本政府に提案しているのは、何も日本人が乗る必要はない。国際貢献が目的なのだから、必要ならグルカ兵を乗せ、必要ならアメリカで雇った傭兵《ようへい》集団を乗せればいい」

「艦艇は陸軍と違って専門知識を必要とします。そう簡単に行きますかね……」

「私は、何としてもやり遂げるよ。米ソが、四十年に及ぶ冷戦時代にバラ撒《ま》いた兵器が、そこいら中に溢《あふ》れている。そいつを残らず回収してまわる」

「それを言うなら、今でもバラ撒いてまわっているアメリカやフランスを最初に攻撃した方がいい」

「うん。それもやらねばなるまいな」

ブリッジの前方を飛んでいたコマンチが、その場で二回、水平ループを描いた。敵と遭遇した時の、それが無線を使わない合図だった。

「コマンチを収容する。ステルス化、第三段階！　ＣＩＣルーム、ＥＳＭ感ないか？」

「こちらＣＩＣルーム。ＥＳＭ、まだ反応はありません」

コマンチが、上空でＥＳＭアンテナに、敵のレーダーを引っかけたのだった。

だが、時速一三〇キロですっ飛ばすシーデビルは、コマンチを収容する時には、もう相手のレーダー波が探知できる距離まで接近していた。

「こちらＣＩＣルーム、台湾海軍です。一〇隻ほどいます。速度は二三ノット。目標は、我々と同じようです」

「了解した。カメレオン・システムをパワーアップしろ」

メイヤも、シーデビルが装備するそのカメレオン・システムなるものを、午前中拝ませて貰った。上空五〇〇メートルまでヘリで接近しても、真下は海面で、もちろん真横から見ても、何らフネらしき物体は見えない。原理は、テレビ画面が船体に張り付けてあるのと一緒で、それに始終波の映像を映し出しているのと同じということだったが、まったく見事なカムフラージュ技術だった。

「接近してみますか？」

「近づいて大丈夫なのか？」

「フネ自体は、レーダーにも、もちろん視覚にも捉えられませんが、波浪だけは消せませんので、ま、二〇キロかそこいらまでと考えて下さい」

「いいだろう。時間を無駄にせんように頼むよ」

シーデビルは、肉眼で台湾の支援艦船を見物できるまで近づいた。向こうからは、せいぜいちょっと高めの三角波が立っている程度にしか見えないはずだった。

「連中は、いつ頃着くんだね？」

「早くて、明日の昼頃でしょう」

いずれも旧式艦だった。

「その頃までには片づいていて欲しいですね」

「まったくだな」

シーデビルのスピードでは、まるで相手の艦隊が止まっているようにすら見えた。上空を舞う対潜哨戒機ですら、もし発見しても、シーデビルに追い付くのはたいへんだったに違いない。

洋上のステルス艦は、誰にも悟られることなく、ただ真っ白な二本のウェーキを海面に残し、南へと向かっていた。


ジョニー・リーは、もともとインドネシアのさるスルタンの跡取りとして産まれたが、生来のひねくれ者で、物好きで、ハーバードへ行ったきり国へは帰らなかった。ジョニーはもちろん愛称だったが、本名は、誰もまともに発音できないので、当人も忘れかけていた。

自分の家へ帰れば、一〇〇人の召使いを抱えるマハラジャの王となれたが、彼には、場末のシャワーもないような安宿がお似合いだった。

しかし、今はそうも言っておられないので、コタキナバルのホテルで、スルタンの跡取りとしての威厳を正面に出し、マレーシア軍や外務省の高官相手に、彼がもっとも得意な外交に勤《いそ》しんでいた。他人を丸め込む手腕にかけては、リーは国連随一で、斗南無が相手を怒らせて信頼を得る方法に比べ、リーは逆の、煽《おだ》てて持ち上げる方でその気にさせるという手合いだった。

「タルムン・スルタン閣下は、この頃ご機嫌があまりよろしくないようですな」

外務省の高官が、それには触れてくれるなと口ごもった。だが、軍人の方はお構いなしだった。

「あのスルタンは、各地方のスルタンの中でも鼻摘み者でね、息子が息子なら、親も親だよ」

「しかし、彼のプライベート・フォースが、中国側に付いているという噂《うわさ》もあります」

「それはないだろう。いくらタルムンがバカでも、国に逆らうようなことはしない。それに、そのプライベート・フォースのことなら良く知っている。ゲリラ鎮圧用のプカラとか持ってはいたが、お抱えパイロットたちは嫌気が差してとっくに逃げ出したよ。君が心配しているのは、ランディ・マクニールの愛機のことだろうが、たまたまあそこにいるに過ぎんよ。気にすることはないし、そんなに心配なら、南沙諸島の岩礁ひとつと引き換えに、差し押さえんでもない」

「ぜひ、お願いしたいですな。しかし、今国連が本当に必要としているのは、マレーシア空軍の、極めて強力な戦闘機部隊による大規模な援護です」

「よせよ、ジョニー・リー。貴様が大げさなことを言う時に限って中身はないと広言しているようなものなんだからな」

クアラルンプールから出張して来たロンカイ・ベサル空軍大佐は、国連軍に出向していた時代からの、リーの旧友だった。

「そんなことはないでしょう。今では、マレーシアはＡＳＥＡＮきっての軍事大国だ。それに、知ってますよ、私は。すぐそこのラブーアン・ベースに、マラヤから、ＢＡＥホーク飛行隊を前進させたことを。防空任務に当たるＦ―５Ｅタイガー、Ａ―４スカイホークと合わせて、現在四〇機を超える攻撃機、戦闘機が集結しているじゃないですか？」

「万が一のためであって、中国とことを構えるためじゃない。それにホークは、配備されたばかりで、戦える練度にはない」

「光栄なことに、インドネシア政府は、Ｆ―16の編隊を全機南沙諸島防衛に提供すると言ってくれました。あそこは空中給油機と、空中給紬が可能なＡ―４スカイホークも運用している。それにシンガポール空軍も――」

「そこまで言えば結構だ！　まったく貴様って奴は人の足元ばかり見よって……」

「無事に中国や台湾を撃退すれば、いずれ国連を舞台に、論功行賞が行われるでしょう。その時に、南沙諸島の権益をシンガポールやインドネシアが持って行っていいんですかね……」

「ＡＳＥＡＮ内での意思統一には時間が掛かるんだ。まず、誰が円卓会議の開催を呼び掛けるかで揉《も》める。誰ひとりとて、他人より先んじてゴールに飛び込んではならない。それがこの地域のルールだ。そうでなければ、野放図《のほうず》な競争に突入する。正直なところわれわれは、ここ数年来の域内の軍拡合戦に辟易《へきえき》しているんだ。この問題に危うくクビを突っ込んで、また火種を作りたくはない」

「しかし、現に火種は燃えているわけだし、そうやって、電話の掛け方を協議している間に、中国は重慶砦を完成させた。そうじゃないんですか?」

「そりゃあそうだが……」

「南沙諸島に、最も正統な権益を持つマレーシアが、一人でことに当たって何が悪いんですか?」

「だからそれにはいろいろと障害があると……」

「我々は日本の意図も疑っているんだが、彼らには本当に領土的野心はないのかね?」

「ありませんよ、そんなもの。ASEANとの友好関係をふいにしてまで、何であんな岩礁地帯なんか。そんなに日本が気になるんでしたら、いっそのこと日本と直接交渉すればいいじゃないですか? 貿易制限の撤廃なり、新規の技術移転なり、連中はドッグフードを振って見せた時みたいに、尻尾を振って飛びつきますよ。何なら私が交渉してもいい。私が、シンガポールやインドネシアに電話を掛けてもいいですよ」

「すでに三か国を焚《た》き付けて来たくせに……」

「よろしい。日本政府とは、いずれ協議せねばならない問題が何点かあった。一応、検討はしてみよう」

外交官がうんざりして音を上げた。

「急いで下さい。明日では手遅れです。明日になれば、台湾と中国が統一を発表しているかも知れないですからね」

「まさか……」

「本当にそう思いますか？　台湾はすでに大陸のために血を流したのですよ」

ジョニー・リーより、先に、二人が立ち上がった。クアラルンプールを説き伏せるだけで、もう数時間を要するだろう。作戦を立案し、偵察機が飛び立ち、マレーシア空軍の真新しいホーク戦闘機が現場に着く頃には、果たして斗南無が生きているかどうか疑問なところだった。


『ガンジスⅡ』の六本の魚雷発射管全てに、短魚雷が収められていた。そのうちの二本は、これっきりしかない囮《おとり》魚雷で、これは日本海軍相手に使用することになるだろうというのが、ノヴィコフ艦長の読みだった。

真上を中国軍艦艇が通り過ぎて行く。その騒がしい音は、ソナーのヘッドホンを使わなくても聴こえるほどうるさかった。

水上艦艇のスピードは二〇ノットを超えており、西側の駆逐艦ならともかく、ほとんどソヴィエトの払い下げみたいなフネでは、ソナーで海中の音など拾えるはずもなかった。

「こちらソナー、北方に新たな集団です。恐らく、昨日の台湾軍艦艇です」

「距離は？」

「まだ一〇〇キロ近くはあります」

「解せないな……。大陸側の艦隊は、構わず日本艦隊と接触するつもりだろうか？」

「誰かが、功を焦ったんだろう。戦場では良くあることだ」

完全武装のマクニールが言った。狭い艦内で、敢《あ》えて陸戦姿のマクニールを責める気は、もはや艦長には無かった。

「どうする？　台湾艦隊が到着するまで待つかね？」

「いや、その必要はない。この連中は所詮前菜だ。さっさと片づけてくれ」

「よろしい。一番、二番に諸元データをインプット。目標は、大きい奴からだ」

『ガンジスⅡ』は、頭上を通り過ぎた大型艦を狙って、一八〇度の回頭を試みた。遠くで、対潜ソノブイの発音弾が鳴っていたが、ノヴィコフは気にしなかった。この騒々しさで、潜水艦の音を拾えるのは日本海軍だけで、少なくとも、今真上に日本がいないことだけは疑いようがなかった。

重慶砦では、水平線上に現れた海軍部隊に対して、歓声が上がっていた。滑走路には、着陸したばかりの台湾海軍のS―2Tトラッカー対潜哨戒機が、燃料補給を済ませて離陸してゆく。

しかし、東の水平線上には、日本の艦隊が姿を見せていた。

張大佐は、イーグル・ストライクの発射基を東に向けさせ、海軍主力部隊の攻撃に呼応する準備を整えた。

金少佐のスホーイ部隊も、エグゾセをコピーしたC801対艦ミサイルを積んで上空を舞っていた。

『こんごう』のCICルームでは、激論が続いていた。

スクリーンは、全天真っ白だった。

「数が多すぎる。ESMの情報も総合すれば、台湾艦艇まで含めて、少なくとも、同時に四、五〇発のミサイルを発射する能力を持つことになる。こんな時にスコールに叩かれでもしたら、悲惨この上ないぞ」

正岡海将は、八八艦隊の編成を一時解き、防空任務艦を西へ四隻並べていた。

「スコールなら、こちらも使いようがあるじゃないですか。そこへ逃げ込めば、ミサイルのレーダーはフネのものよりもっと当てにならないんですから、チャフ代わりに使える」

斗南無は、またいつもの冷静な斗南無に戻っていた。

「そんな偶然には頼れんよ」

重慶砦へは四〇キロ、中国艦隊とは、すでに五〇キロの距離まで迫っていた。

「いったん、南へ回り込んで、中国艦隊をやり過ごしましょう」

「アナハイム3号機が、アップ・ドップラー！　魚雷です！」

オペレーターが叫んだ。リンク11を通じて、対潜哨戒機を運用する護衛艦隊より情報がリアルタイムで入る。

「目標は⁉」

「ドップラーは二個！　目標は……、我々ではなく、中国艦隊です。後方より、魚雷攻撃。三分で接触します」

ため息が漏れた。

「中国艦隊に警告するかね？」

「無駄です。連中は逃れられない。疑われるだけです」

「しかし――」

「ひとつはっきりしたことは、潜水艦は、中国艦艇の背後にいて、この付近にはいないということです。従って、我々はハンター・キラーを対潜ヘリに委ねて全速力を出せる」

「それは確かだ。南へ退避しよう。そうすれば、その謎の潜水艦のケツに付ける」

スコールに突っ込んで、またレーダーがアウトした。

スコールから脱した時、スクリーン上の中国艦艇は、隊列を崩し、ジグザグに走っていた。ただジグザグに走るだけでは、よほどの幸運が重ならない限り、魚雷から逃れるのは無理だった。

金少佐が見守る真下で、二隻の、中国海軍が誇るもっとも新しいフネに水柱が上がった。旅大Ⅲ型二隻が、共に左舷に魚雷を受け、たちまち傾き始めた。ものの一分と経たず、その内の一隻のファンネルから火が出て、ファンネルが爆発した。

金少佐は、編隊の全機に命令した。

「これより全機突入。イージス艦へ向け、対艦ミサイルを全弾投じよ！」

憤りに任せて機を東へ転じた瞬間、目前に異様な雲の帯が広がり始めているのが解った。高度三〇〇〇から五〇〇〇メートル辺りを、濃密な土色の雲が漂って来る。

そのまま、距離三〇キロで、イージス艦めがけてミサイルを撃つと、エンジンの異常燃焼を示す警告灯が点《とも》り始めた。少佐が異常に気付いた時には、すでに二機の僚機が、緊急着陸を要請して帰投コースに乗っていた。

『こんごう』のスクリーンに現れた雲は、まるで、新手のレーダー・チャフのようだった。

「B—52がチャフを撒いたみたいだな……」

誰かが呟いた。

「左舷に抜けたばかりのスコールがある。そこへ突っ込め」

「火山灰です、この雲は。間違いありません」

浜川一佐が自信ありげに言った。

「ただちに対潜ヘリを収容させて下さい。エンジンがお釈迦《しゃか》になる。自分は、鹿屋《かのや》にいたこともあるんで、桜島の降灰には散々な目に遭って来ました。たぶん、今も噴火を続けるピナトゥボ火山の噴煙でしょう」

「そうか……。中国軍の要人を乗せた飛行機が謎の墜落事故を起こした件、ひょっとしてこれが原因ですか?……」

斗南無の問いに、浜川は一瞬考え込んでから答えた。

「考えてもみなかったが、そうだったか……。光の輪に包まれて……。セントエルモス・ファイアだ。帯電した雲が、飛行機のフレームにぶつかって発生する。まるで七色の虹《にじ》のように輝く。もちろんフネでも見られるが。エンジンが噴煙でお釈迦になっ

「て。司令官、ただちに東京に知らせましょう。それに、この雲はフネとて避けた方がいい。ガスタービン艦の推力は、いかにクリーンなエアを大量に吸気できるかで決まる。こんなのを長時間吸い続けたら、えらいことになりますよ」

「解った」

衝突警報が鳴り響いていた。ＥＳＭスクリーンからは、敵対艦ミサイルのレーダー波は完全に消えていた。ここまで届いていないということは、無論、レーダーの発射母機であるミサイルにはレーダーは届いていないということだ。

『こんごう』は、被弾面積を小さくするために、ミサイルのロスト・ポイントを基点に、いったん大きく移動した後、艦が水平になるよう針路を取った。

ミサイルの予定通過後、三〇秒経てから、ようやくスコールの外へ出た。その時には、すでに空は灰色の雲で埋まっていた。

目標をロスト・コンタクトしたミサイルが、次々と海面に突っ込んでいた。

「これが本物のエグゾセなら、こうはいかんのだろうな」

何しろ、日本製のＡＳＭ―1空対艦ミサイルには、目標をロストしたら、再び戻ってくるという機能が付いていた。

「さて、ヘリが使えないとなるとことだぞ」

「でも、敵が海中にいる限り、こちらが対潜ヘリを使っているかどうかは敵には解らないじゃないですか」

「だが、こんなに浅い海域で、護衛艦のソナーに頼るのも無理がある」

「中国海軍が救難活動に忙殺されているうちに、なんとか、敵を見つけ出しましょう。噴煙が上空に掛かっている限りは、航空作戦も制限される」

「重慶砦の南端を掠《かす》めて、砦の西へ抜ける。我々は重慶砦に圧迫を加えつつゆっくりだ。外周を行く各護衛艦にはスピードを出させろ」

護衛艦隊は、彼らがもっとも得意とする分野で、獲物を求めて動き始めた。


張大佐は、南東のトーチカに入って指揮を執っていた。丁度その頃、李中佐は、南西のトーチカへ移動中だった。二人で、もし敵艦隊が移動する場合の指揮のカバーを決めてあった。

日本艦隊が、主砲をぴたりとこちらに向けたまま、悠然と南へと転進してゆく。良く見ると、ブリッジの真下に、国連軍であることを目指す〝UN〟の白いマークが描いてある。

張大佐は、部下を諫《いさ》めるために、ほとんど五分置きに、イーグル・ストライクの陣地に、「撃つな!」と無線で叫び続けねばならなかった。こんなところで交戦する羽目になったら、敵の艦砲射撃を喰らい、たちまち島が爆発する。

まるで日食が起きたみたいに、辺りは暗くなっていた。黄砂みたいだった。頭上で、何かドーンという爆発音がした。管制塔を呼び出すと、怒号が飛び交い皆が喚《わめ》き合っていた。

「どうした⁉　攻撃か？」

「いえ！　台湾軍のＳ—２Ｔが、エンジンが停止して緊急着陸を試みましたが、失敗して激突炎上しました。幸い北の端です」

「消火と掃除を急がせろ！」

張大佐は、また全小隊を呼び出し、事故が発生したことを伝えねばならなかった。


シーデビルは、東京を経由して重慶砦での戦いをモニターしていた。

「まずいな……。降灰の中へ突っ込んでは、出力が一〇パーセントは落ちる」

「フィルターはあるんだろう？」

メイヤは、ニューヨークと連絡を取り合った後、司令官席でＩＢＭのラップトップ・パソコンを叩きながら片瀬艦長に尋ねた。

「吸気デミスタなるものを、我々も各護衛艦もエンジンに装備していますが、本来、海水や雨水を除去するためのものです。しかも、我々が装備するガスタービン・エンジンは、もとは戦闘機用のもので、受ける影響は飛行機とまったく変わりません。せいぜいフィルターがあるかないかぐらいです」

「だが、これで少なくとも、呉克泰将軍機の墜落の謎は解った。事態は好転するよ。事務総長がいよいよ調停に乗り出す」

「今頃になって……」

「君たちの改革に時間が掛かるように、物事には、ムードというのがある。我々はいつもそれで苦労するんだがね。さて、艦長。船舶電話を通じてでいい。パソコン通信のコンピュータサーブにアクセスしたい。それでニューヨークの私のオフィスに直筆のメールが届く。私の名前で認めた停戦合意書だ。これを各国、とりわけ中国に提示すれば、戦争は終わるだろう」

「間に合い、なお中国が受け入れればでしょう？」

「受け入れるさ。他に選択肢はないんだから。間に合うかどうかは保証できんが……」

メナハム・メイヤにとっては、紛争はもう片づいたも同然だった。これから更に流されるであろう血は、彼と国連にとっては十分に許容範囲内だった。

『ガンジスⅡ』のノヴィコフ艦長は、じりじりと南へ移動を始め、徐々に砦へ近づいて行った。

彼の読みは、台湾海軍の動きにあった。台湾海軍が接近する以上、それと戦う覚悟がなければ、海上自衛隊は前進してこない。だから、なるべく台湾海軍に接近しつつ移動することだった。

今では、台湾海軍は、海南島部隊をかばうように、寄り添っていた。六隻の艦隊は、今二〇隻の艦隊と合流し、数では、日本艦隊と逆転していた。しかも、間には重慶砦があった。

護衛艦隊は、重慶砦を挟んで、二つの艦隊と対峙《たいじ》していた。

正岡海将は、チャート・デスクに屈み込んで、唇を嚙《か》み、険しい表情で思案していた。

「向こうは、どう出るかな……」

「このままふた手に分かれるのが得策でしょうな。そうすれば、重慶砦を含めて三か所から対艦ミサイルを撃てる」

「躱せると思うかね？」

「一回は、何とかしのげるでしょう。各艦とも、エクスペンダブルＥＣＭミサイルを二発ずつ装備しています。中国軍のイーグル・ストライクはそれで十分でしょう。問題は、台湾海軍のハープーン・ミサイルで、こっちは一発ずつ叩き落とすしかない。こっちの強みは、イーグル・ストライクは数があるが、台湾海軍のハープーンは、もう二斉射しか出来ないということです。接近交錯したら、ＥＣＭでやり合うしかない」

「よろしい。それでやろう。各艦に、イーグル・ストライクはエクスペンダブルＥＣＭで迎撃せよと伝えてくれ。こんな駆逐艦艦隊同士のミサイル戦なんて聞いたことがないぞ……」

護衛艦隊は、重慶砦の真南で、針路を3―0―0に取り、各艦の距離を二〇〇〇メートルに保ち、艦隊速度五ノットで進んでいた。


台湾海軍を率いて来た楊景提督は、『成功』のＣＩＣルームで、各艦を大陸艦隊に振り分け、東西に分かれて進撃を開始した。

「東へ回り込む艦隊は速度を上げさせよ。中国軍のイーグル・ストライクが先発だ。それの迎撃に追われている間に、我々が残りのハープーンを斉射する。彼我の距離が三〇キロで射撃開始とする」

その頃、『ガンジスⅡ』は、西側の艦隊のケツに付いた。

「さて、この背後に対潜哨戒機がいる気配はないが、例の回廊へ逃げ込んでくれないか？　艦長」

「何処の？」

「この機雷原の間にある港への安全航路だよ。すでに夕暮れも近いから、浅深度でも真上から発見されることはないし、敵はこんなところで音を拾っても、まさか我々だとは思わないだろう。何なら、潜望鏡深度で向かえばいい」

「それはひとつの解決策ではあるな。確かにこの深度では、ソナーはまともに使えない」

「もうひとつ。魚雷発射管に巡航ミサイルを入れてくれ。いよいよ砦を攻撃する」

「深度五〇へ！　警戒を怠るな」

『ガンジスⅡ』は、中国艦隊のほぼ真下にいた。そこが、彼らにとって最も安全なところだった。

太陽が落ち、微《かす》かに薄暮が残っている頃、戦闘は開始された。今度は、日本側が先手を取った。

「この距離なら、自艦からのＥＣＭも行けそうだな」

みんなが、ＥＳＭからの情報を映すスクリーンを見つめていた。

既に、敵艦隊は、重慶砦の左右に分離しており、捜索レーダーが届いていた。

画面に、五秒と間を置かず、三〇ほどの追尾レーダーのマークが点った。

「トラッキング・レーダー来ます！」

レーダー波の間隔が短ければ、その目標は『こんごう』ということだ。

「本艦を目標とするもの二〇！」

「エクスペンダブルＥＣＭ、二発、発射！」

投棄型電波妨害装置《エクスペンダブルＥＣＭ》と呼ばれる、ミサイル型のＥＣＭ装置が、ＶＬＳより、敵艦隊上空へ向けて発射された。これは目標上空に達すると、ミサイルに内蔵されたカッターが、敵の使用周波数に最も同調するようにレーダー・チャフを短く切断し、回転放出しながら飛び続ける仕組みになっていた。

「続いて敵艦隊へ向け弾幕妨害！」

八八艦隊が、遅れまじとＥＣＭミサイルを発射する。

合計、一八発のエクスペンダブルＥＣＭミサイルが、空に舞い上がり、海面上一〇〇〇メートルまで上がりながら、チャフをバラ撒き始めた。

『成功』の楊提督は、敵が一瞬先に撃ったことに驚いたが、こちらもほぼ同時にミサイルを発射することが出来た。

「バカな⁉」

スクリーン上で、敵が撃ったハープーン・ミサイルが、一気に高度を上げていく。

そして次の瞬間、レーダーがアウトし、ロスト・コンタクトしたポイントに、丸いマークと破線の針路情報が残った。

「ええい、クソ……。ジャムか⁉　さすがに、米軍と日常茶飯に訓練しているだけあって、手慣れた戦い方だ。ＥＣＭ開始！　レーダーをポップアップして躱せ！　ハープーン第二波、斉射！」

　こちらも、ハープーンの二斉射目を撃った。

『こんごう』の防空スクリーンに、ポツポツと雨が降っていた。台湾軍が開始したECCMによる影響だったが、さして効果はないはずだった。所詮電波による戦いは、出力が大きい方が勝利する。イージス・システムのレーダー出力と分析能力は、他の艦艇とは比較にならないほど優れていた。

　その防空スクリーンには、全部で六〇発を超えるミサイルが映っていた。

「突破したイーグル・ストライクが四発！　ハープーンはそのまま向かって来ます。合計六発」

「イーグル・ストライクは自艦のチャフで躱す。ハープーンは確実にしとめよ！」

　CICルームのいちばん邪魔にならない場所で戦いを見守っていた斗南無は、オペレーターの怒号が飛び交う中で、甘木に囁いた。

「なあおい、ちょっといいか？」

「ここから出て海へ飛び込んだ方がいいというなら、乗らないでもない」

「そうじゃないんだが、このフネの構造は、考えた方がいいな……」

「うん。まあ十年先だろうが、FRAM改修の機会があったら、モノ・ポールのマストに換えさせるよ。ブリッジも一段さげて……。解ってはいたが、こ……、こうも目立つとは思わんかった」

甘木がバツが悪そうに答えた。恐怖で、顔面蒼白《そうはく》だった。

「それに、台湾との関係も一考した方がいい。できれば、アジア地域の海軍の軍縮案もな」

「あ、ああ……。生き残ったら、ぜひ防衛庁に提案させて貰うよ」

先頭列にいたイーグル・ストライクがフネの背後へそれてゆく。

ＶＬＳから、スタンダード・ミサイルが発射され、次々とハープーンを迎撃し始めた。

幸い、バルカン・ファランクスに頼ることなく、全ミサイルを撃墜できた。

「台湾海軍の背後にアンノウン出現！　目標は二個。巡航ミサイル、目標は重慶呰です」

「例の潜水艦か？　クソ……。いつも我々の先を行く」

斗南無は、スタンダード・ミサイルが発射された後の砲熕《ほうこう》兵器表示盤の残弾数を見た。スタンダード・ミサイルはあと十数発、主砲の調整破片弾は八発、シースパロー・ミサイルは、四発を残すのみだった。

李中佐は、南側のトーチカで指揮を執っていた。クロタル対空ミサイルのレーダーは、四基とも全部レーダーが動いていた。しかし、自衛隊が行っているＥＣＭに苦労させられていた。

北西に設置したクロタルのレーダーが、途切れ途切れに、接近する二発の巡航ミサイルを見つけたが、マクニールは、電子妨害下での、巡航ミサイルの撃墜マニュアルまでは売らなかった。塹壕と、トーチカから、暗闇へ向けて弾丸のカーテンが引かれたが、二発とも、それをくぐり抜けた。

一発は、スホーイ―27フランカー戦闘機二機が入る掩体壕を直撃し、ミサイルと燃料を満載したスホーイを木っ端微塵《みじん》にした。付近のエプロンに所狭しと駐機していた対潜哨戒機に飛び火し、次々と爆発炎上させた。その炎は、更に野積みされていた航空燃料のドラム缶に着火し、辺り一面を火の海にした。

滑走路の北端に待機していた金少佐は、自分が乗ったスホーイを移動させようと、エンジンを点火した。南側への誘導路へと向かい始めた瞬間、何かが空から降って来た。

少佐は、それが何だったか確認することは出来なかった。火の点いたドラム缶が、右翼に風穴を開けると同時に、少佐の乗ったスホーイは大爆発した。

金少佐は、誰とも戦わずして愛機を失った。翼には、空対空ミサイルではなく、対艦ミサイルが装備されていた。彼が夢見たＦ―16との華々しいドッグ・ファイトは、結局実現することはなかった。

二発目の巡航ミサイルは、硝煙の中を、滑走路を横切り、北東へと向かい、野積みされた弾薬庫の二〇〇メートル手前の兵員トラックを直撃した。そのトラックには、イーグル・ストライクの予備弾が二発載せてあった。運の悪いことに、ミサイルの推進薬に着火し、イーグル・ストライクは、そのまま火花を散らせながら地面を滑って、真っ直ぐ弾薬庫へと向かった。

次に起こった爆発は、まるで島全部を吹き飛ばすかのような爆音を立てた。北東の角にあったトーチカを吹き飛ばし、ものの一分と経たずに、かつて弾薬庫があった辺りを海に変えた。コンクリート製のキャット・ウォークに潜んでいた兵士たち一〇〇名が、あっという間に、雪崩《なだ》れ込んで来たまるで津波のような濁流の攻撃を受け、全身バラバラになりながら砦の外へと放り出された。

台湾海軍航空隊の季少佐は、南西のエプロンに、自分の部隊を駐機させていた。逃げようにも、逃げ場は無かった。だだっ広い滑走路を、津波が一直線に押し寄せてくる。キャット・ウォークに雪崩れ込んだ濁流は、次々と兵士を空中に放り出しながら向かってくる。

副操縦士の黄中尉は、腰を浮かせながら、「逃げろ！」と叫んだ。

少佐は、「どこへ⁉」と怒鳴り返した。

中尉がポカンと口を開けて答えようとした瞬間、高さ一メートルほどの海水が、トラッカーの足元を浚《さら》った。一〇メートルほどは、そのままの姿勢で流され続けたが、やがてギアが折れ、翼が折れ、胴体が転がり始めた。キャット・ウォークに胴体が引っかかり、中の人間諸《もろ》ともバラバラになった。トラッカーの四名の乗組員は、誰もP—3Cに乗ることは出来なかった。しかし、この犠牲が、P—3Cの導入を早める圧力につながるだろうことだけは確かだった。

陸戦隊の李中佐は、トーチカの中で、流されてゆく兵士たちの悲鳴を聞いた。次の瞬間、島を覆い尽くして反対側まで届いた津波が、トーチカの屋根を越え、攻撃用の覗《のぞ》き窓から逆流して来た。

李中佐は、二〇ミリ機関砲の架台にしがみついて耐えた。海水はあっという間に天井まで押し寄せ、今度は、摑まる物のなかった部下たちを、その窓から浚って行った。窓のコンクリートに人間がぶつかる度に、骨が折れる音と、悲鳴が轟《とどろ》いた。海水は、結局窓の高さまで残った。外では、まだ意識のある兵士たちが助けを求めていたが、どうすることも出来なかった。

李中佐は、胸の辺りまで水に浸かったまま、ポケットをまさぐってジッポーのライターを灯した。波間に人間が浮き沈みしている。光に反応してきちんとこちらに顔を向けた兵士は、一〇名といなかった。

うち数名は、ヘルメットがもげ、頭から出血していた。

「通信兵！　通信兵は無事か⁉」

「は、はい。なんとか。しかしメインの中隊用無線機は波に浚われました。今はウォーキー・トーキーしか……」

「張大佐を呼び出せ。向こうもこっちと似たりよったりだと思うが。扉は開くか？」

「いえ！　駄目です。キャット・ウォークには、まだ水が張っているようです」

「そいつは、時間が経てば出て行く。漂っている連中に人工呼吸を！」

どうせ駄目だ。たいがいは、どこかに身体をぶち当てて、頭を割ったか、骨がバラバラのはずだった。

張大佐の状況は、少しはマシだった。津波の角度がほんの少しずれたおかげでトーチカ内で水攻めに遭うことは無かったが、スターライト・スコープで海面を監視していたら、溺《おぼ》れた兵士たちが漂って来た。

まだ息のある者たちは、水面から手を掲げて助けを求めていた。阿鼻叫喚の眺めに、張大佐は思わず息を呑んだ。

重慶砦という不沈空母は、半分は形を残していたが、すでに戦闘力はなく、三分の一は跡形なく吹き飛び、島の中央部付近まで、海水が洗っていた。

攻防

『ガンジスⅡ』は、安全航路に侵入して潜望鏡深度に浮上した。

日頃冷静なノヴィコフ艦長にしても、その光景には、「凄《すご》い！……」と唸《うな》らざるを得なかった。

夜間潜望鏡の視界に入るだけで、一六隻もの艦艇がいる。その向こうには、日本艦隊がいるはずだった。

更に島へと潜望鏡を回すと、赤々と燃え盛り、燃える弾薬がほとんど花火ように夜空を焦がしていた。

マクニールが潜望鏡を覗《のぞ》き込み、「予想以上の戦果だ」と呟《つぶや》いた。

「アッバード副長。たった一隻の潜水艦で、これだけのことが出来る。この戦果を持ち帰って政府のお偉いさん連中に見せたら、もう二、三隻、ロシアの原潜を買おうなんてことになるかも知れん」

「そうなればいいですね」

「日本は相変わらず自制しているようだな、双方とも、被弾しているフネはまだ一隻も――」

突然、カーン！　という鈍い金属音が船体を叩いた。

「何⁉――」

アクティブ・ピンガーだ。

「対潜ヘリなんていなかったぞ⁉」

「違う！　ソナー、報告せよ」

「こちら、ソナー。正面に潜水艦！　潜水艦！　魚雷を撃たれました」

「ノイズ・メーカー放出！　急げ。対潜水艦戦用意！」

「どこの潜水艦だ⁉」

「安全航路にいたことを思えば大陸の奴としか思えん。たぶん原潜だ」

向かってくる敵の魚雷が、自らアクティブ・ソナーを撃ち始めた。

「メイン・タンク注水！　トリム水平。舵《かじ》は取り舵。逆進一杯！　着底せよ」

逆進が効いて、艦が後退しながら珊瑚《さんご》の海底に着底する頃には、魚雷はノイズ・メーカーが作り出す、空気の塊へと向かっていた。

「機関停止！」

ゴトリという音と同時に、艦が着底する。

「こちらソナー、見つけました！　港の一〇〇〇メートル手前です」

また、敵のアクティブ・ピンが来た。

てもせいぜい敵より二、三〇メートル深いだけだった。

『ガンジスⅡ』は、スロープのようになっている珊瑚の棚の上にいたが、深いといっ

ても、せいぜい敵より二、三〇メートル深いだけだった。

護衛艦隊は、重慶砦の西南へ抜けつつ、中国艦隊と距離を保っていた。中国艦隊がスピードを上げれば、こちらも速度を上げ、向こうが速度を落とせば、こちらも速度を落とした。

双方の距離は、二〇キロ以下に縮まることはなかった。その距離になると、護衛艦隊の五インチ砲の射程距離に入る。ミサイルは撃墜しようもあるが、台湾や中国にとって、砲弾を撃墜するような術《すべ》はもっていなかった。

楊提督は、まったく攻めあぐねていた。これ以上突っ込めば、砲撃戦になるが、それでは勝ち目が無かった。射撃指揮装置はもとより、砲自体の口径でも、こちらに勝ち目はない。かと言って、対艦ミサイルは、すでに各艦ハープーンが一発ずつしかなかった。大陸艦隊のイーグル・ストライクが当てにならないことは、もうはっきりしていた。しかも、至上命令だった重慶砦防衛には、半分失敗したも同然だった。

「せめて、潜水艦だけでも……。周大佐、交戦中の大陸の原潜を支援するために、シーキング対潜ヘリを出してくれ。ほんの二、三〇分飛ぶぐらいなら、耐えられるだろ

う。それにヘリはエンジンがお釈迦になっても、墜落は避けられる」

作戦参謀の周大佐が頷《うなず》き、後続艦に命令を下した。

対する護衛艦隊も手詰まりの状況にあった。

「無事に帰国できたら、各艦の艦長や乗組員を表彰せねばなるまい。たぐいまれなる自制心をもって対処した褒美《ほうび》としてな」

正岡海将は自虐的に呟《つぶや》いた。

「重慶砦の権益を中立化するという、所期の目的は達したんじゃないかね？　斗南無君」

「しかし、まだ中国艦隊は、この海域に留まっている。ここで我々が撤退したら、中国は国際世論の舞台で、日本の非人道的行為を指弾し、いっそう南沙諸島の権益に固執するだけでしょう。とはいえ、そろそろ国連本部から、何らかの仲裁案が提示されていい頃だとは思います」

「よろしい。では、島をもう一周しよう」

いかに訓練された軍隊でも、自分たちの命が懸かっている状況で、これ以上の自制を求めるのは無理だ。かといって、こちらが撤退するそぶりを見せれば、敵はたちまち背後から襲いかかるだろう。

斗南無は、もう一、二時間が限度だと見ていた。

二発目の魚雷が接近する前に、『ガンジスⅡ』は、敵の真上へ向けて数少ない対潜ミサイルを撃った。それは、敵潜水艦の七〇〇メートル手前に降下し、ミサイルから分離した魚雷部分の弾頭が、確実に目標を捉《とら》えて撃破した。

原潜が破壊される不気味な音が三〇秒以上も続いた。それに混じって、敵が放った魚雷が近づいて来る。

「こいつ、それないぞ⁉……」

「右舷《うげん》に、何か塊があります？」

「何だ？　サイド・スキャンを打て」

サイド・スキャン・ソナーが、朽ちたフネの塊をブラウン管に映し出した。

「警備艇⁉」

それは、昨日彼らが撃沈した警備艇の後尾部分だった。ほんの二〇メートルも離れていず、魚雷は、どうやらそれからの反射音波を目指している様子だった。

「因果応報って奴だな……。総員、何かに摑まれ！　魚雷が来るぞ」

それから、三〇秒と経ずに、魚雷が警備艇の名残に激突した。爆発のショックが、間を置くことなく船体を叩いた。マクニールは、発令所で二メートル近くも飛ばされた。

電気が落ち、警報機が鳴り始めた。

「各部署、ダメージを報告せよ」

ノヴィコフは、パイプのひとつに密着して耳を澄ませた。漏水があれば、振動となって伝わってくるはずだ。

「原子炉は無事ですが、電源が復旧しません」

マグライトの中で五分待って、マクニールは口を開いた。

「時間が掛かりそうだね？」

「ああ、とはいえ、復旧できる。我がロシアの潜水艦は、それほど柔《やわ》じゃない」

「浮上は出来るのかね？」

「そう。航行には問題はないが、しかしセンサーが使えない」

「じゃあ、潜望鏡深度でいい。ちょっと浮上してくれ」

「行くのか？　私の貴重な部下を連れて」

「そうだ。これもビジネスの内でね」

「君は誰と契約したんだね」

「それは知らない方がいいな。真北に二〇〇〇メートル行ったところに、深さ一〇メートルぐらいの岩礁地帯があるだろう。障害物ブイが浮かんでいる。三時間後に、そこで回収してくれ」

「了解。たぶん大丈夫だろう。私は、もう一度日本艦隊との戦いを試みる」

兵を集めて、装備を司令塔まで引っ張り上げるまで一〇分も掛からなかった。二隻のボトムズ・ボートが準備されていた。

結局、『ガンジスⅡ』は浮上した。そこいら中に、浮遊物が漂っていたので、別に司令塔が敵に見つかっても怪しまれる心配はなさそうだった。

マクニールが、ボートを展張していると、対潜ヘリが低空で寄って来るところだった。

肩撃ち式のスティンガー対空ミサイルのケースをデッキの上で開いて、ものの一分と経ずに組み立て、バッテリーを入れた。

「こいつを持って来て良かった……」

発射した瞬間、発射ブラストが辺りを赤く染めた。

「さあ、行こうぜ。日本艦隊から丸見えだ」

確かに、護衛艦隊からは、それは丸見えだった。レーダーでも、肉眼でも窺《うかが》えた。『こんごう』のウイレグにいた見張り《ワッチ》が、ナイト・スコープで、潜水艦の司令塔を確認していた。

台湾海軍のシーキングが、空中で木っ端微塵《みじん》になり、レーダー画面上では、花火の尺玉が開いて消えるような感覚で映し出されていく。ワッチが、ボートを降ろした模様だと報告した。

「攻撃するかね？　五インチ砲の射程内だが？」

「台湾海軍が近すぎる。でも、連中が、この潜水艦を日本のものと思っているのであれば、当たらなくても撃った方がいい」

「よろしい」

「主砲、徹甲弾、三斉射！—」

境艦長が、そう命じた時には、しかし『ガンジスⅡ』は、もう潜航に移っていた。

護衛艦隊の射撃が正確なせいで、マクニールが乗ったボトムズ・ボートは、被弾せずに済んだ。しかし、念のため、ボートのエアを抜いて、半没状態で島へと向かった。

斗南無は、自室へ引き揚げて、メナムが差し入れた装備をチェックした。真っ黒な防眩迷彩服と、アーマー・ベストまで用意してあった。ヘッケラー＆コッホのＭＰ５Ａ５、三〇発入りのストレート・マガジンが六本、マガジン・ポーチまで一式。斗南無は、それらを黙々と装備した。

「そんな恰好《かっこう》で何処《どこ》へ行くんだ？」

甘木がつっ立っていた。

「砦へ。マクニールがそこで俺を待っている」

「なんで⁉」

「奴に聞かなきゃならんことがある」

「一人で行ってどうするんだよ？」

「ひとりの方が気楽だ」

「どうやって行く？　帰りだってどうすんだよ」

「手はあるさ」

腰のベルトにグロッグ20を入れ、スターライト・スコープのバッテリーをチェックした。あとは、どうやって乗り込むかだけだった。

マクニールは、一〇名の水兵を率《ひき》いて、ガレ場と化した港に上陸した。抵抗は無かった。そこいら中に、死体や、人体の一部と思われるものが引っかかっていた。

「覚えておこうな、カーター。あんまり弾薬を売りつけると、こういう羽目になる」

「まったくだな。良くもこんなに吹っ飛ぶもんだ」

キャット・ウォークに入ると、まだ五〇センチほど水が残っており、死体がプカプカ浮かんでいた。

「さてと、弾薬庫を目指さなきゃならん。地下と地上とどっちが安全だと思う？」

「地下のルートは、どうせ冠水しているだろう。それに、敵と遭遇するとしたら、地上の方が戦い易い」

「そいつはそうだな」

島を一周するキャット・ウォークは微妙に角度があり、見通し距離はほんの二〇メートルしかなかった。マクニールは、二名を地上に上げ、警戒しつつ前進した。

李中佐は、トーチカの上のキャット・ウォークに腹ばいになり、接近する敵を観察していた。敵の姿に気付いた時には、距離は、すでに五〇〇メートルを割っていた。

ウォーキー・トーキーで、張大佐を呼び出した。

「何者だと思う？　こっちからは遠くて良く解らない……」

「ロシア人ですよ、大佐！　顔つきは間違いなくロシア人ですし、持っている銃はカラシニコフです」

「なんでロシアが？　そっちで引きつけられるか？　君が戦っている間に、私は背後へ回り込む」

「了解です。だぶん、我々だけで大丈夫でしょう」

張大佐は、皆に一〇名残し、二〇名の部下を連れてキャット・ウォークを北東方向へと走り始めた。地下施設さえ使えれば、敵のすぐ背後へ抜けられたが、そこは冠水状態で、現在陸地となっている部分も、海中に没した支柱が曲がったせいで、ところどころ陥没していた。

李中佐は、相手が三〇〇メートルまで近づいたところで、ドラグノフ狙撃《そげき》銃の狙《ねら》いを仕に、地上を歩く二名のロシア兵を倒した。

マクニールは、とっさに腰を屈め、背後にいたカーター少佐に、「アーウェンを！」と叫んだ。

カーター少佐は、ロイヤル・オーディナンス社製の五連発の三七ミリ・ハイ・エクスプローシブ弾を発射できるアーウェン37グレネード・ランチャーを持っていた。

「こういう時のために、重いのにわざわざ持って来たんだ」

カーターは、キャット・ウォークから頭だけ出すと、火点の辺りに、まず一発撃った。三七ミリ弾は、目標としたキャット・ウォークのちょっと手前に落下して爆発した。敵の反撃が来る前に、カーターは休まず残りの四発を発射した。少なくとも二発はキャット・ウォークの中で爆発したはずだった。

「よし、突っ込め！　一番乗りした奴には一〇〇〇ドルの報酬だぞ」

マクニールが英語で叫ぶと、ロビンスキー伍長は訳すことなく、自ら先頭に立って走り始めた。他のみんなも、「ダラー」の発音で、それがお金だという意味は解った。

マクニールは、何が起こったか理解し、「ドル！　ドル！」と連発した。

カーターが、「バカどもが……」と吐き捨てた。

李中佐の手兵は、三名に減った。自身も、背中に無数の断片を喰らって苦痛に喘《あえ》いでいた。

「だ、弾薬庫を守らなきゃならない……」

李中佐は、ＲＰＧ―７ロケット弾を持つと、ふらふらと歩き始めた。

マクニールの前方で、爆発と共にロビンスキー伍長が悲鳴を上げた。キャット・ウォークに仕掛けてあったブービー・トラップが爆発したのだった。

三名が即死したところへ、キャット・ウォークの中で、李中佐がロケット弾を撃った。その爆風で、更に三名が即死した。

カーター少佐が、再びアーウェンを一発撃った。李中佐の命は、それまでだった。全身に金属スラグを浴び、右手に手榴弾《しゅりゅうだん》を持ったまゆっくりと死んで行った。手榴弾が掌《てのひら》からこぼれ落ち、うかつに近寄ったロシア人四名を巻き添えにした。

「さて、カーター、残るは俺たちだけだ」

「案外厳しい抵抗だな」

「弾薬庫へのハッチは、どの辺りだったたっけ」

「もう五〇メートルほど南、確か、次のコーナーを曲がったところじゃなかったたっけ。自分が囮《おとり》になりここを守ってるうちに行ってくれ。それとも俺が行くかい？」

「いや、俺のビジネスだ。自分で片づける」

マクニールは、プラスチック爆薬が入ったザックを背負うと、ステアー社のＴＭＰを構えて、中腰に歩き始めた。

張大佐は、李中佐戦死の報告を受けると、生き残った三名に、下がって合流するよう命じた。今となっては、兵士は一人でも貴重だった。

「私の設計ミスだな……」

張大佐は、部下をふた手に分けた。

「一隊は、ここに残って陽動した後、トーチカに帰って救援を待て、もはや交戦する必要はない。残りは、私と地下施設へ入り、敵の背後へ泳いで渡る。ご苦労だった。諸君」

張は、敬礼を交わす間もなく、地下施設のハッチへと消えて行った。


イージス巡洋艦『こんごう』のレーダー・スクリーンに、一五〇機を超える戦闘機が映っていた。先頭の五〇機は中国空軍のスホーイで、その背後に、F—16、F—5E戦闘機がいた。

今、艦隊は重慶砦の東北に占位し、島を挟んで敵艦隊と向き合っていた。

「この戦いが、たぶん最後になる……」

正岡海将は、そう呟いた後、八八艦隊の各CICルームと、音声通信回線を開くよう命じた。

「諸君、こちらは護衛艦隊司令官の正岡である。各員、これまで自制して戦ってくれたことに感謝を述べる。我々は、間もなく次の戦闘機部隊と交戦する。一五〇機にもなる大編隊だ。防空任務艦は、すでに搭載ミサイルの半数以上を使い、この次の波状攻撃を持ちこたえる見込みはほとんどない。交戦法規上の問題はクリアされているが、我々が受けた命令は、あくまで海軍力のプレゼンスによる秩序の回復であり、当事者艦隊の撃沈ではない。ひとつだけ、我々が生き延びる術があるとしたら、先手を打ち、台湾艦隊及び接近する航空機を攻撃することである。この考えに賛成の諸君は、意見を述べてくれ。司令でなくとも、艦長でなくてもかまわん、攻撃すべきだと思う者は、そう主張してくれ……」

二〇秒ほどが経ち、発言があった。

「第二護衛隊群『しらゆき』艦長、赤城です。我々は、自艦の性能と、クルーの練度を信頼しており、いかなる状況にも対応できます。恐らく、これが本来のセルフ・ディフェンスの姿であると思います」

「有り難う。他にないか？……」

他に発言は無かった。

作戦幕僚がため息を漏らした。

「四〇〇〇名もの兵士を犠牲にする理想なんてあるんですかね……」

「どうする？　攻撃するかね」

「いえ。ここまで来たんだ。まだバルカン・ファランクスも残っている。やるだけやりましょう。私の墓には、こう刻んで貰《もら》いますよ。国家に代わり、ロータリー・クラブの会費を払った奇特な兵士、南洋に死す……」

「そいつはいい。では、各艦の諸君。もう一度、ミサイル防御に徹する。ＥＣＭミサイル、発射用意！」

『こんごう』が積むエクスペンダブルＥＣＭ兵器は、あと二発だった。


マクニールは、鍵《かぎ》の掛かっていない弾薬庫に入り、一番奥深い箇所の、クロタル・ミサイルの弾体に、プラスチック爆薬を仕掛けた。タイマーは、一時間にセットした。弾薬庫の扉の内側にもクレイモア対人地雷を仕掛けた。

カーター少佐は、すでに新たな敵と交戦していた。マクニールは、キャット・ウォークから一瞬首を出し、敵の方向を確認した。死体をまたいで小走りに歩くと、突然地下施設へ通じるハッチが開いた。

反射的にＴＭＰの引き金を引く。ところが、弾はおおよそハッチで跳ねた。

張大佐は、ハッチの隙間《すきま》からＡＫＲをフル・オートで連射した。人間が飛び跳ね、ドサッと崩れ落ちる音が聴こえた。

しかし、張大佐の運もそこまでだった。倒れた兵士たちの間を縫って、弾薬庫の扉を開けた途端、クレイモア地雷に仕込まれた鋼球が、C４爆薬によって押し出され、大佐の身体を八つ裂きにし、背後に続いていた兵士四名を巻き添えにした。

それから五分後、カーター少佐のピストルの弾も尽きた。最期は潔《いさぎよ》く、こめかみを自分で撃って果てた。


シーデビルのレーダーに、護衛艦隊がエクスペンダブルＥＣＭ兵器を発射するシーンが映っていた。

クルーは、バトル・ステーションでＣＩＣルームに降り、片瀬艦長以下は、部屋の中央に置かれた平面のＴＦＴカラーパネル・テーブルに、次々と情報が加えられてゆくのを見守っていた。

「どうやら、ミスター・ブルの和解案は受け入れられなかったようですね」

「あいにくそのようだな」

ブル・メイヤは悔《くや》しそうに同意した。

「本艦のエクスペンダブルＥＣＭ兵器を投じる。三〇発、全部行け！　続いて砲雷戦闘に移る。主砲起動！　徹甲弾装塡《そうてん》」

「敵を沈めるのか？」

「沈むかも知れません。本艦の主砲システムは、麻薬船等を捕獲するために、デリケートなテレビ・センサーを持っています。それで、フネの特定箇所を狙えるんです。

副長、各艦、目標は敵ファンネルだ」

「了解、すべて指揮管制装置による自動発射とします」

「よろしい。まあ、言ってみれば、警官が強盗の肩を狙って撃つようなものです。接近しないと無理ですがね」

片瀬艦長は、スピーカーのスイッチを入れた。

「これよりラム戦闘に入る。各員何かに摑まれ」

「ラム戦法とはな。まるで大航海時代みたいだ」

「ラム戦みたいなものですからね。何しろ一〇〇〇メートルまで近づく」

ＣＩＣルームのクルーは、手近な椅子に掛け、四点式のシート・ベルトを締めた。

ブル・メイヤも、それにならった。

先頭のフランカー部隊に続き、台湾海軍が、残りのハープーン・ミサイルを投じた。

シーデビルは、艦尾のＶＬＳ発射基から、次々とエクスペンダブルＥＣＭミサイルを発射し始めた。

『こんごう』のＣＩＣルームでは、皆があぜんとして、ことの成りゆきを見守っていた。

海面捜索レーダーには、目標が現れたり消えたりを繰り返しながら、台湾艦隊へと向かっていた。

「そんなバカな……。この目標は、レーダーが狂ってなけりゃ、五〇ノットは出している」

「そんな……。ゴーストじゃないのか？」

「じゃあ、誰があんな大量のエクスペンダブルＥＣＭを撃ったんだ⁉」

正岡海将は、はたと気付いた。

「シーデビルか⁉……。ドックに入っているとばかり……」

「1―8―0に潜水艦、推進機音。魚雷発射音探知！」

ふた呼吸と置かずに、レーダー・スクリーンに目標が現れた。二発。ぐんぐん加速して来る。マッハ二からまだ加速していた。

「サンバーンだ！　ミサイルは⁉」

「間に合いません！」

そのＳＳ―Ｎ―22サンバーン対艦ミサイルは、マッハ二・五で襲い掛かるシースキマー・ミサイルだった。

五インチ砲が、残りの調整破片弾を発射し始めた。同時に、ブリッジ直下の近接防空火器システム、バルカン・ファランクスが反応し、二〇ミリ弾で艦の前方に弾丸のカーテンを張った。

わずか五〇〇メートル手前で、ようやく二発を叩き落とした。

「アスロックの射程内まで急げ！　全速全開！」

『こんごう』は、魚雷探知を後続の護衛艦に委ね、敵潜水艦がいる辺りへとダッシュした。

完全武装の斗南無は、救難ヘリのキャビンに乗り込んだ。

「止めて下さい！　斗南無さん。自殺行為です」

熊谷一尉は、斗南無の腰を引っ張って押しとどめようとした。

「すまないが、行かせてもらう。機長、行ってくれますね？」

「私が飛ぶと言わないと、どうも君は銃を使いそうだからな」

口髭《くちひげ》を生やした機長は不敵に微笑《ほほえ》んだ。

「まあ、敵の戦闘機部隊も、ミサイルを撃ち尽くして反転したようだし、砦の上は静かだ」

「じゃあ、お願いします。端っこに降ろして下されば結構です」

「司令官になんて言えばいいんですか⁉」

「砦で消えたと言えばいい」

機長は、もうエンジンを回して離艦の通信を送っていた。

「こちらピクニック01、これより救難活動を開始する。目標重慶砦、ラジオ・サイレント、NOE飛行だ」

返事は無かったが、機長は構わず離艦した。


シーデビルは、まったく人間の手を借りずに、コンピュータの判断だけで航行し、敵艦隊の中に突っ込んで行った。

まず、ギアリング級『遼陽』のファンネルを、艦首の五インチ砲が撃ち抜くと、そのまま『遼陽』の五〇〇メートル前方を五〇ノットで横切り、続いて『雲陽』のファンネルを撃ち抜いた。シーデビルがS字カーブを切る度に、まるでレーシング・カーにでも乗っているように中の人間はいたぶられた。

『成功』のCICルームは、ほとんどパニックに見舞われていた。

「何かいます⁉　レーダーに映ったり消えたりしていますが……」

「五〇ノットは出しているじゃないか⁉　そんなことがあるもんか？　どうして見えんのだ⁉」

各艦がSOSを発し始め、通信リンクが途絶え始めた。

「シ、シーデビルだ……」

誰かが叫んだ。

楊提督も確信した。こんな芸当をやってのけられるものは、あの尖閣《せんかく》列島に出没するシーデビルしかいない……。

「チャフを発射しろ！　チャフで守れ」

手遅れだった。次の瞬間、背後からさっと左舷へ抜けた黒い塊から、ファンネルへ一発浴びせかけられた。その瞬間、ＣＩＣルームのライトが全部消え、『成功』は、その動きを停止した。

最後の最後まで、楊提督は、日本艦隊を出し抜くことは出来なかった。

胡邦国は、中南海の常務委員会会議室の末席に座らされていた。万策尽きた。もう二度とこの部屋に来ることはないだろうという想いがあった。

「残念でした。力及ばず、私の負けです……」

呉総書記が、一枚の紙切れを、テーブル上に滑らせた。

「数時間前、この問題に関する関係各国の秘密会議がニューヨークの国連本部で開かれた。その場で、国連執行機関名で、呉将軍座乗機の墜落原因が自然現象によるものであると発表された。掘削リグへの攻撃は、ロシア海軍がインドに売却し、回航される途中の潜水艦によるものであり、いかなる国家も関与していないことが明らかになった。我々は、粘りに粘ったが、日本だけではなく、ＡＳＥＡＮ各国も、戦闘機を我が重慶砦上空に派遣することで一致を見ていた。最終的に、ご老体の裁可を頂き、重慶砦を放棄、撤退するものと決定した」

「見返りはなんですか？」

「今後、南沙諸島の領有権問題は、関係各国すべてが棚上げとする。同時に関係国の出資からなる南沙諸島開発株式公司を香港に興《おこ》し、開発を委《ゆだ》ねる。そこから得られる石油その他の資源及び利益は、出資比率に従い各国のものとなる」

「つまり、我々は負けたわけですな」

「そういうことだ」

「私は、何処へ行きましょう。東北部で薪《まき》割りでもいいですし、チベットで算盤《そろばん》を弾くような仕事でも結構ですが……」

「ご老体の強い指示があり、君は常務委員として留まる。同時に、南沙諸島問題の責任者として、我々が失った権益を少しでも多く回復したまえ。それが免罪の条件だ」

胡は、皮肉げに小首を傾《かし》げて見せた。

「寛大なるご処置に感謝申し上げます」

皆が、憤り半分の相槌《あいづち》を打った。

「どこへなりとさっさと消えろ！」

保守派の一人が喚《わめ》いた。

胡は、そそくさと席を立ち、廊下へ出た。歩きながら、払った犠牲について想いを巡らせた。人材だけが、共産中国の取り柄だ。この思想が変わらない限り、またいつか、何処かで、無益な血が流れ続けるのだ。

海南島司令部の四人の将軍たちは、渋々と撤退命令に従った。これで、我が軍の実力が党のバカ共には解っただろうというのが、大陸側の万提督の苦渋に満ちた結論だった。

台湾側の郁提督は、失っただけの艦艇が確実に配備されることを祈った。まあ、ほんの二、三年も待てば、我が海軍にも日本と似たようなミニ・イージス艦が配備されるのだ。


斗南無は、救難ヘリの赤外線センサーで、まだ息のある人間を探してもらった。動いている人間は皆無だったが、塹壕《ざんごう》に、まだ体温が残る人間がいた。

三〇〇メートルほど手前に降り、ＭＰ５を構えながら、死体が散乱する滑走路跡を歩いた。

辺りは、いろんなものが燃え、昼のようにといかないまでも、月夜より明るかった。

ヘリの爆音を聞きつけ、生き残った守備兵が、発砲しながらトーチカから出てきた。そのため斗南無は、ほうほうのていで、キャット・ウォークに逃げ込んだ。そこもまた、死体の海だった。

音を立てぬよう歩くと、ランディ・マクニールⅡ世が、腰を降ろして座っていた。胸が微《かす》かに震え、息があるのが解った。

斗南無は、MP5の銃口を向けながら近づいた。マクニールがじっとこちらを見返し、笑った。

「お、驚いたな……。君とは、いつも妙な場所で遭う……」

「お前にふさわしい死に方だな」

「ああ……。どうした？　撃てよ。コニー・スタンレーだったかな……。彼女の仇《かたき》を取るチャンスだぞ」

守備兵の銃弾が頭を掠《かす》めた。

「どうした？　躊躇《ためら》うことはない。君はいつも正義の使者だったじゃないか？　さっさと殺《や》ったほうがいいぞ。間もなく弾薬庫が大爆発する」

正義の使者か……。聞いて呆《あき》れる。

斗南無は、MP5を降ろした。マクニールがまた笑った。笑うマクニールは、悪人ながら魅力的だった。聞かねばならないことがあった。

「メイヤと何を企んだ？」

「別に……。お互いの利益さ。私は、ビジネスを。ブル・メイヤは、中国をこの海域から排除する。日本が、ここを跡形無く破壊するよう仕向けるのが、私の役目だった」

斗南無は、放心した様子でマクニールの隣に座り込んだ。

「私を殺さないのであれば、さっさと逃げろ。時間がないんだ。どうして殺らない？二度もチャンスはないぞ」

「俺は殺さない。少なくとも今日は、貴様を殺さない。俺もメイヤに雇われている。今日は、正義の使者じゃない……。貴様と同類だ」

「変わった奴だ……」

「動けるか？」

「ボディ・アーマーを突き抜けて二発喰らった。動けない」

「俺が貴様を背負ったら、貴様はナイフで首を掻《か》っ切るかも知れんな」

「ああ、気を付けた方がいい」

斗南無は、赤十字に早変わりした。マクニールのボディ・アーマーを脱がし、自分の銃やアーマーも捨ててマクニールを背負うと、北へ向けて歩き出した。銃弾が頭上を飛び跳ね、塹壕の中で、水を跳ねる音が近づいてくる。

跳弾が、足元で火花を散らせた。

地を這《は》うような匍匐《NOE》飛行で島に上陸したコマンチ・ファンティルは、赤外線センサーで、逃げる斗南無を発見した。

後部席にいた脇村がそれを見つけ、「煙幕弾でいいですか?」と尋ねた。

「ああ。それと、ショット・ガンで一斉射しよう」

荒川機長が答えると、脇村は両翼のポッドに付いたロケット弾の中から煙幕弾を選び、発射をコーパイに委ねた。

「頼むよアッちゃん!」

「了解、気を付けてね」

亜希子は、フラット・パネルを起こして、発射諸元データを読み、狙いを定めた。

「恋人同士って、なんだかしまらねえ会話だな……」

脇村は、シートを離れると、ベネリのショット・ガンを構え、スライド・ドアを開けた。威嚇《いかく》するだけなので、当てる必要はなかった。

兵装ステーションから煙幕弾が前方に発射される。機長が高度を下げ始めると、脇村は兵士がいる辺りに向けてショット・ガンを放った。

塹壕のラダーがある辺りに着陸すると、脇村が飛び出し、塹壕へ飛び降りた。

「斗南無さん! 早く」

「こいつを頼む!」

ラダーを昇るマクニールを、ケツから押し上げてやると、もう斗南無はへとへとだった。負傷者の肩を二人で支え、コマンチに乗り込む。

「急げ！　もうすぐ弾薬庫が爆発する」

「了解」

ドアを閉め切らない内に、コマンチは離陸した。

「ご無事で何よりです！　なんで白人がこんなところに？」

「大悪党だから目を離すな。近くに武器を置くな」

そこまで叫んで、斗南無はようやく相手の顔を思い出した。

「脇村じゃないか？　お前、まだこんなヤクザなところにいたのかよ？」

「性に合ったみたいでしてね……」

脇村は、にっこり微笑んだ。次の瞬間、機体を震わせる大音響と共に、西南の弾薬庫が大爆発を起こした。再び津波が起こり、その津波が消えた後には、もう人工構造物と解るようなものは無く、辺り一面、普段と変わらぬように波が洗っていた。


『こんごう』が追い詰める前、各艦を飛び立った対潜ヘリが、逃げる『ガンジスⅡ』を囲むように発音弾を落とし始めた。その距離は、ほんの五分と掛からず、『ガンジスⅡ』の真上に襲い掛かった。ロシア海軍なら、三〇分は掛かるところだった。

それは、浮上せねば撃沈するという警告だった。アクティブ・ピンガーが奏でる規則的な信号音の中で、ノヴィコフ艦長は、アッパード副長に「どうする？」と尋ねた。

「この深度では、逃げ回るのは無理です」

「同感だ。マクニールは、ま、彼が生きていればの話だが、新しいフネを君たちに買い与えるかな？」

「わりと律儀な武器商人ですから、ロシアにはまた外貨が転がり込むでしょう」

「やれやれ、中国の捕虜になるってのは厭《いや》だよな」

浮上し、降伏の印に航行灯を灯《とも》す頃には、上空を無数の戦闘機が舞っていた。

マレーシア空軍の、ホーク戦闘機だった。

エピローグ

中国海軍の艦艇は、夜明け前に引き揚げて行った。台湾海軍は、かつて重慶砦があったあたりの北西に投錨《とうびょう》し、日本の艦隊は、その南西に投錨していた。

夜明けと共に、元重慶砦のほぼ真上に占位するマレーシア海軍のラーマット級フリゲイト艦の艦上で、台湾海軍の楊提督と、護衛艦隊の正岡海将のトップ会談がもたれた。

楊提督は、シーデビルによる攻撃には触れず、重大なる勘違いを詫《わ》び、護衛艦隊の防空能力を高く評価した。

対する正岡海将は、台湾海軍の即応能力を誉めたたえ、近代化のスピードに賞賛の言葉をお礼として返した。

共に、個人的感想抜きの短い会談で、後始末は東京と台北で為されるのだろうというのが二人の実感だった。

斗南無は、ここへ降り立った時と同じ、ラフなジーンズ姿で艦尾ヘリコプター・デッキにいた。マクニールは、医務室で寝ていた。回復すれば、たぶんおとがめ無しだ。

日本艦隊に取り囲まれたままの『ガンジスⅡ』は、結局新たな問題を抱え込むことを中国も台湾も嫌い、宙ぶらりんの状態だった。こちらも、たぶんそのままインドへ向かうことになるだろう。

デッキには、コマンチ・ファンティルが着艦していた。もちろん、シーデビルは、水平線の彼方《かなた》、誰の目にも触れないポイントまで後退していた。

「なあおい、俺も連れてってくれないか？　もうフネはこりごりだ……」

甘木が縋《すが》るような視線で絡んだ。

「たまにはフネにも乗らなきゃ、提督にはなれんぞ」

熊谷一尉が名残惜しげだった。

「やっぱり、斗南無さんにはその恰好が似合ってますね。今度、エーゲ海へ招待して下さいな」

「うん。同居人が何処かへ消えたらね」

女性士官殿は、口を尖《とが》らせて抗議の意思表示をした。

「さっさと追い出して下さいな。国連って入るの難しいんですか？」

「いや、キャリアに見合わない安月給で構わなければ、誰でも歓迎する。ただし、砂漠の真ん中で野グソできる度胸がいるぞ」

また膨れた――。

「それからもうひとつ、マクニールには絶対近づくな。奴は女に対しては、鉄砲の弾より手が早い」

　正岡司令官を乗せた救難ヘリが着艦態勢に入るのと入れ替えに、コマンチはエンジンを始動した。

　ブリッジの境艦長は、ファンネルからその姿を見守っていた。艦内スピーカーのマイクを取った。

「こちらは艦長。ミスター・トナムがフネを離艦される。手の空いている者は、デッキに出て見送れ」

　艦隊をきりきり舞いさせた素浪人に対して、帽振れで別れの挨拶《あいさつ》を告げる『こんごう』のクルーに、離艦するコマンチは、艦を一周して応えた。

　しかし、その頃にはもう斗南無は、死んだように眠りに落ちていた。


　シーデビルが姿を現した時、斗南無はようやく目覚めた。美しく、不気味な船体だった。真っ黒な防眩迷彩塗装で、船体は、ウェーブ・ピアサーと呼ばれる波浪貫通型甲板形式で、双胴船をもっとシャープにした感じだった。この船型が、シーデビルのスピードの秘密だった。

　ヘリコプター着艦デッキに着陸すると、メナハム・メイヤ自身が出迎えてくれた。

斗南無は、にこりともしなかった。握手も拒んだ。

「マクニールは何か吐いたか？」

「まさか、ブル・メイヤと良からぬ取引をしたなんてことは、ひと言も漏らすもんか」

「たまげたな、助けて帰ってくるなんて……」

「あんたに貸しを作っておくためだ」

「少しは喜べ。これで中国の覇権主義をくじいたし、君らは非売品のロータリー・クラブの会員証を手に入れたんだぞ」

「ああ、めでたいね」

「そうそう、忘れていた。このフネをどう思う」

「ああ、観光船に最高だな」

「そうなんだ。これは最高のフネだよ。ワシのオフィスを作りたいぐらいだ」

「まさか!?」

斗南無ははっとして立ち止まり、喜色満面のメイヤの表情を覗《のぞ》き込んだ。

「そうなんだ。やっとワシの夢が叶う日が来たよ」

メイヤは、大根役者よろしく、両手を広げて歓迎の意を示した。

「国際連合統合指令作戦機構《インテグレイテッドコマンドオペレーションオーガニゼーション》——。ＵＮＩＣＯＯＮへようこそ！　これが我々の旗艦になる」

斗南無は、マストに翻る国連旗を仰ぎ見てため息を漏らした。その瞬間、太陽の光を浴びてしまい、気が遠くなりそうになった。

やれやれ……。来年の休暇は、早めに申請するとしよう。

あとがき

本書は、一九九三年三月に徳間書店から刊行されたUNICOONシリーズの『南沙諸島作戦発令』を文庫化したものである。

あれから二十年を経て、本稿のゲラを読み返す時に、時代にそぐわない部分は手を入れようと思ったのだが、古くささが意外にも面白く、そのままにした。

たとえば、本書には携帯電話は登場しない。一九九三年といえば、その前年にNTTドコモが発足し、九三年にようやくデジタル方式の携帯が発売された年である。かつて、携帯に追いかけられずに済む生活があったことを懐かしむのは、筆者だけではあるまい。

バブル経済はとうに弾けていたが、まさかその後、二十年を越える不況が日本を支配するとは誰も予想しなかっただろう。

インターネットはまだ存在しなかった。従ってグーグルもアマゾン・コムも存在しない。ネットといえば、まだパソコン通信の時代で、海外に暮らす友人とメールのやりとりをするには、コンピュサーブを利用するしか無かった。当然日本語は使えないので、短い文面はローマ字でやりとりし、長い文面は、バイナリーファイルを添付ファイルにしてやりとりしたものである。

デジタルカメラが大ヒットすることになる、カシオのＱＶ10が発売されるのは、一九九五年。

不況だなんだと言いながらも、デジタルカメラや携帯の小型化など、日本はイノベーションの最前線にいた。長く続いた不況のせいで、まるで時間が止まったように感じるが、その間も、着実にイノベーションは続き、私たちの生活を激変させたのだ。

これからの二十年に関して、私たちはそれほどの期待を抱くことは出来ないだろうが、それでも、われわれが夢想だしないイノベーションが、生活を激変させることだろう。


そして、中国である。当時、中国海軍は無きに等しかった。台湾が中国と仲良くするなどと、小説の中でしか起こりえない出来事だった。何より、一九八九年に天安門事件を起こしたばかりの共産党政権が、その後四半世紀も続き、ましてや我が世の春を謳歌できるほど、中華経済が拡大成長するなど、誰が予想しただろうか。あるいは、その海洋覇権を、自らの軍事力のみで達成できるなどと、誰が予想しただろうかと思う。国連は相も変わらず機能不全で、アメリカの軍事的衰退を含めて、予想できなかった国際政治の現状はあまりにも大きい。

そして、あれから二十年を経ても、南沙を巡る状況は、沈静化するばかりか、複雑になる一方である。中国は巨大化したが、周辺各国もそれなりの軍事力を身につけた。軍事力が、当時とさして変わらないのは、日本とフィリピンぐらいのものだ。日本に関しては、イージス艦が増えこそすれ、空母を持ったわけでもないし、主力戦闘機が新しくなったわけでもない。

この先の二十年を考えると、見通しはなお暗くなる。中国がせめて民主化し、次の世代が、より平和的な知恵を身につけていてくれることを望みたいものだ。

二〇一四年、夏

本書は一九九三年三月に徳間書店より刊行された『南沙諸島作戦発令〈UNICOONシリーズ1〉』を改題し、大幅に加筆・修正しました。

なお本作品はフィクションであり、実在の個人・団体などとは一切関係がありません。

文芸社文庫

南シナ海海戦　UNICOON

二〇一四年八月十五日　初版第一刷発行
二〇一四年九月二十日　初版第二刷発行

著　者　大石英司

発行者　瓜谷綱延
発行所　株式会社　文芸社
〒一六〇－〇〇二二
東京都新宿区新宿一－一〇－一
電話　〇三－五三六九－三〇六〇（編集）
〇三－五三六九－二二九九（販売）
印刷所　図書印刷株式会社
装幀者　三村淳

ISBN978-4-286-15670-5

［文芸社文庫　既刊本］

トンデモ日本史の真相　史跡お宝編
原田　実
日本史上の奇説・珍説・異端とされる説を徹底検証！　文庫化にあたり、お江をめぐる奇説を含む2項目を追加。墨俣一夜城／ペトログラフ、他

トンデモ日本史の真相　人物伝承編
原田　実
日本史上でまことしやかに語られてきた奇説・珍説・伝承等を徹底検証！　文庫化にあたり、「福澤諭吉は侵略主義者だった?」を追加（解説・芦辺拓）。

戦国の世を生きた七人の女
由良弥生
「お家」のために犠牲となり、人質や政治上の駆け引きの道具にされた乱世の妻妾。悲しみに耐え、懸命に生き抜いた「江姫」らの姿を描く。

江戸暗殺史
森川哲郎
徳川家康の毒殺多用説から、坂本竜馬暗殺事件の謎まで、権力争いによる謀略、暗殺事件の数々。闇へと葬り去られた歴史の真相に迫る。

幕府検死官　玄庵　血闘
加野厚志
慈姑頭に仕込杖、無外流抜刀術の遣い手は、人を救う蘭医にして人斬り。南町奉行所付の「検死官」が、連続女殺しの下手人を追い、お江戸を走る！